Mama hält mich fest,
wenn ich lache

Peter Coon

Mama hält mich fest, wenn ich lache

Ein Brief und zwölf Kurzgeschichten

für erwachsene Menschen

Bibliografische Information der Deutschen Nationalbibliothek: Die Deutsche Nationalbibliothek verzeichnet diese Publikation in der Deutschen Nationalbibliografie; detaillierte bibliografische Daten sind im Internet über www.dnb.de abrufbar.

Coverhintergrund:
- Wasser: *vinzstudio* bei fotolia.com
- Füße: *Nuli_k* bei fotolia.com

Bilder im Buch:
- Los Andes: Regine Gies, Sprockhövel
- Red Body: Norbert Dähn, Witten
- Ins Licht: Regine Gies, Sprockhövel

Herstellung und Verlag:
BoD - Books on Demand, Norderstedt

ISBN: 978-3-7504-0173-0

Inhalt

Die Burg im Tal

Als Wilfried alt genug war, um von zu Hause auszuziehen, sagte sein Vater zu ihm: »Wilfried, mein
Sohn, du bist nun alt genug, um von zu Hause auszuziehen. So sehr es deiner Mutter auch das Herz
brechen wird – du musst uns bald verlassen, um
dein eigenes Reich zu gründen. Nimm also Fritz,
dein treues Pferd, und eine Handvoll meiner Bediensteten und ziehe hinaus in die Welt, um deine
eigene Burg zu bauen.«

Wilfried nahm also sein Pferd und seine drei liebs-
ten Bediensteten: Hans, seinen Kammerdiener, Herbert, einen guten Jäger und Handwerker und natürlich Sophie, die junge Küchenmagd, die – obwohl
nur Magd – bei der Köchin sehr gut zu kochen gelernt hatte. Sie waren nur zu viert, sah man von Fritz
einmal ab, doch mit dieser kleinen Gefolgschaft zog
Wilfried nun tapfer hinaus in die Welt.

Nach drei Tagen erreichten sie ein wunderschönes, breites Tal. An diesem Ort stand der Wald weniger dicht als auf den Hügeln ringsherum, und direkt am Fuße eines eindrucksvollen Felsens, den man getrost auch einen Berg nennen konnte, entsprang ein kleiner Bach. Er speiste einen idyllischen See, auf dem viele Schwäne schwammen und dessen Ufer mit hohen Gräsern bewachsen waren. Und auf diesen schönsten aller Flecken in Gottes weitem Erdenrund schien den ganzen Tag über die Sonne.

»An diesem Ort bauen wir meine Burg«, bestimmte Wilfried.

»Hier?«, fragte Hans und schaute den steilen Felsen hinauf.

»Genau hier«, sagte Wilfried.

»Edler Herr«, warf Herbert ein. »Dies ist der denkbar schlechteste Ort für eine Burg. Von hier aus kann niemand von uns in die Ferne schauen, um Feinde, die Euch Euren Reichtum neiden, zeitig zu entdecken. Zudem findet sich weit und breit kein Dorf und keine Stadt, aus denen Ihr Soldaten verpflichten könntet, um Eure Brustwehr zu besetzen oder fremde Burgen zu schleifen. Wir sind nur drei, sieht man von Pferd und Köchin einmal ab. Eure Feinde werden uns überrennen. Sie werden von den Hängen herabstürmen, und außer einer Mauer wird Eure Burg ihnen nichts entgegenzusetzen haben.«

»Und von diesem hohen Felsen aus«, ergänzte Hans, »werden sie Feuer, Pech und Steine herunterschicken, ganz so, wie eigentlich wir es auf sie regnen lassen sollten, wenn sie Eure Zinnen erklimmen. Die Burg wird brennen und ersticken und in Gänze von Geröll begraben werden.«

»Und dennoch«, erwiderte Wilfried. »An diesem Ort wird meine Burg errichtet, denn es gibt keinen schöneren.«

Gesagt, getan. Nur wenige Tage später war eine kleine Lichtung geschlagen, und nahe am Felsen, zwischen Quelle und See, stand Wilfrieds neues Haus – deutlich kleiner noch als die winzige Burgkapelle seines Vaters, auch war es aus Holz gebaut und nicht aus Stein.

»Doch es ist meins«, sagte Wilfried, als alle fünf davorstanden und es betrachteten.

»Fehlt nur noch die Mauer«, mahnte Hans, und Herbert nickte dazu.

»Wofür eine Mauer?«, fragte Wilfried. »Du, guter Herbert, sagtest selbst: Feinde werden wir hier unten im Tal viel zu spät bemerken. Auch habe ich keinerlei Soldaten. Meine Feinde werden uns überrennen, das ist vollkommen wahr. Und du, mein lieber Hans, hast zu Recht von all dem Unheil gesprochen, das diesen Felsen hinab auf mein Heim stürzen wird. Eine Mauer ohne Soldaten am Fuße eines solchen Felsens wird nichts und niemanden lange aufhalten. Wozu also, frage ich euch, eine bauen?«

Hans wollte widersprechen, und auch Herbert gefiel die Sache nicht. Schon wollten sie Wilfried mahnen, nicht dumm zu sein, aber dann besannen sie sich und sagten nichts, denn sie liebten ihren Herrn und wollten ihn nicht verärgern. Also gingen sie – jetzt, da das Haus fertig war – an ihre neuen Arbeiten. Hans bestellte ein frisch angelegtes Feld und Herbert ging im Wald auf die Pirsch.

Wilfried seinerseits ging zum See hinüber. Hier schaute er zurück, und beim Anblick seines Hauses fühlte er, dass er glücklich war. Gemütlich spazierte er um den ganzen See herum – das dauerte immerhin länger als ein Gang um seines Vaters Burg – und setzte sich dann auf einen großen Stein am Ufer. Die Füße ließ er ins Wasser baumeln und betrachtete die schillernden Libellen, die zwischen den Schwänen über das glatte Wasser jagten. Nach Tagen der Wanderschaft und Arbeit fand er nun endlich die nötige Muße, einfach nur in der Sonne zu sitzen. So saß er sehr lange, bis das Abendrot hinter den Hügeln versank, und dachte ausgiebig darüber nach, wie er seinen Untertanen, sah man von Männern und Pferd einmal ab, den Hof machen sollte.

Stalker

Da kommt sie endlich. Ihre Schuhe sieht er zuerst. Die Schuhspitzen ragen über die Rillen der Rolltreppe hinaus, während sie zu ihm in die Tiefe dieses U-Bahn-Schachtes schwebt. Über ihren Beinen erscheint ihr Sommerkleid und ganz zuletzt ihr Gesicht. Er schaut weg, bevor sie ihn sieht und den Eindruck gewinnt, dass er sie anstarrt.

Natürlich starrt er sie an – heimlich und aus den Augenwinkeln. Sein Blick geht zwar stur geradeaus auf die Stromschienen der U-Bahn-Gleise, sein Geist aber folgt dem Weg einer Frau in einem hübschen Sommerkleid, die an der Bahnsteigkante entlang in seine Richtung geht. Jeden ihrer Schritte beobachtet er, wie an jedem Morgen. Schon klar, so etwas macht man nicht. Es ist einfach nicht fair, wenn einer den anderen beobachtet.

Sie geht an ihm vorbei und kreuzt die sture Bahn seines Blickes. Gleich wird sie sich wie üblich vor das Elf-Sekunden-Werbeplakat stellen und ihren Blick über die Bahn-Wartenden schweifen lassen. Er dreht ihr den Rücken zu und schaut wieder zur Rolltreppe hinauf und auf die unzähligen Schuhe, die herabschweben. Dabei interessieren ihn keine so sehr wie die dieser einen Frau hinter ihm. Er zählt die Sekunden – zehn, elf – jetzt kann er es wagen, sich wieder halb umzudrehen zu ihr und in ihre Richtung zu schielen. Und tatsächlich starrt sie inzwischen – wie fast alle am Gleis – aufs Smartphone.

Alle elf Sekunden verliebt sich irgendwer irgendwo. Das liest er auf dem Plakat hinter ihrem Rücken. Er versucht das Top-Model zu erkennen, das abgebildet ist, doch sie steht direkt davor, vertieft in die Weiten des World Wide Web. Also starrt er sie jetzt doch direkt an. Sie ist nicht so hübsch, denkt er, wie das Model auf dem Plakat, das wohl ähnlich atemberaubend aussehen wird wie alle Models auf diesen Plakaten. Sie ist auch älter, etwa so alt wie er selbst. Nicht unbedingt ein Top-Model also und nicht mehr so jung wie die Mädchen, zu denen er sich sonst gerne umdreht – und doch ist er in sie verliebt. Sie ist einzigartig, findet er, und einfach nicht so schrecklich austauschbar wie diese ganzen Fake-Models.

Plötzlich blickt sie auf und sofort zu ihm herüber. Er ist nicht schnell genug, und so sehen sie sich für den Bruchteil einer Sekunde an, bevor er zu Boden schaut und sich wieder abwendet. So ein Mist! Was wird sie jetzt von ihm denken? Dabei wollte er sie gar nicht anstarren, er wollte nur das Plakat hinter ihr sehen und diese atemberaubende Schönheit darauf. Er ist doch kein Stalker!

Da würde ihm seine Frau allerdings widersprechen, denkt er. Würde er sie fragen, was sie von dieser Sache hält, dann würde sie antworten: »Natürlich bist du ein Stalker! Hallo? Seit elf Tagen verpasst du jeden Morgen absichtlich deine Bahn, nur weil in der nächsten Bahn eine Frau mitfährt, die du heiß findest. Du drückst dich am Bahnsteig herum, und sobald sie auftaucht, überschlägt sich dein Herz. Dann steigst du mit ihr in die Bahn und setzt dich so, dass du sie sehen kannst. Du denkst an nichts anderes während der Fahrt, du beobachtest ihr Spiegelbild in den Scheiben, passt die Momente ab, in denen sie wegschaut und starrst sie an. Und jeden Morgen fährst du drei Stationen zu weit, nur weil sie auch weiter fährt, und dann nimmst du die nächste Bahn zurück zu deinem Arbeitsplatz. Abends kommst du dann knapp eine Stunde später nach Hause als sonst, weil du ja die Arbeitszeit nachholen musst. An jedem neuen Tag tust du das alles, um diese eine Frau zu verfolgen! Du begaffst sie, aber du sprichst sie nicht an. Du suchst ihre Nähe, aber nicht den Kontakt. Du unternimmst nichts, damit sich die Sache weiterentwickelt. Du bist verknallt wie ein Teenie. Du bist verliebt, suchst aber nicht ihre Liebe. Und du gibst ihr auch keine. Du folgst ihr, um ihr zu folgen, das ist alles. Was soll denn daran bitte nicht Stalken sein?«

Die Bahn kommt. In das Bahnvolk kommt Bewegung. Nur sie bleibt stehen, wo sie steht, bemerkt er. Sonst verlässt sie in diesem Moment immer ihren Stammplatz vor dem Plakat und geht Richtung Bahnsteigkante wie alle anderen. Heute aber bleibt sie stehen und schaut nicht vom Smartphone auf.

Der Zug hält, die Türen öffnen sich. Er erkennt, dass sie noch immer auf dem Display herumtippt. Was hat sie denn so Wichtiges zu erledigen? Warum rührt sie sich nicht? Er dagegen steht direkt vor einer der offenen Türen. Er muss jetzt einsteigen, wenn er nicht auffallen will. Aber was, wenn sie heute gar nicht mitfährt? Was, wenn sie dort stehenbleibt, wenn sie einfach nicht einsteigt?

Elf Sekunden später verhallt der Lärm der U-Bahn im Tunnel. Er steht allein an der Bahnsteigkante. Schräg hinter sich vor dem Elf-Sekunden-Plakat weiß er sie stehen. Ob sie ihn ansieht? Ob sie ihn beobachtet? Wie konnte er nur zulassen, dass sie in seinen Rücken gerät?

Minutenlang steht er nur so da, regungslos, wenn auch beinahe zitternd vor Anspannung. Still ist es inzwischen. Die Bahn ist längst weit weg und die Rolltreppe ist stehengeblieben. Nur das Brummen der Beleuchtung dringt noch an sein Ohr. Er lauscht. Er traut sich kaum zu atmen. Seine gesamte Aufmerksamkeit richtet sich nach hinten, zu ihr. Was wird sie jetzt tun?

Weitere Minuten vergehen. Dann endlich rollt die Rolltreppe wieder an. Bald wird der Bahnsteig wieder bevölkert sein. Er überlegt, ein paar Schritte zur Seite zu gehen, weg von ihr. Doch zu groß ist seine Angst, ihre Aufmerksamkeit zu erregen. Zu gern würde er sich umdrehen. Zu gern würde er sich vergewissern, dass sie doch nur auf ihr Handy schaut und ihn völlig ignoriert. Doch was, wenn nicht? Würde er sich jetzt zu ihr umschauen und träfen sich ihre Blicke, dann würde sie ihn zur Rede stellen, und das ist das Letzte, was er sich wünscht.

Ein Abenteuer, das hat er sich gewünscht. Ein Abenteuer, das ihn entschädigt für seinen Alltag. Ein Abenteuer, wie er es mit seiner Frau erlebte, damals, als sie sich kennenlernten. Noch gut erinnert er sich an das erste Mal, als er sie sah, an die ersten Worte, die sie wechselten, an ihre erste Berührung und den ersten Kuss irgendwann. Sein Leben war gepflastert von ersten Malen in jener Zeit. Für ihn war sie das größte Abenteuer seines Lebens. Sich immer näher kennenzulernen, das war purer Nervenkitzel. Fast täglich überraschte sie ihn mit neuen Eigenheiten – manche liebte er, manche fand er seltsam, einige sogar verstörend oder ärgerlich. Aber das war in Ordnung, denn in jedem Falle brachte diese Frau sein Leben in Aufruhr. Und jeder neue Aufruhr brachte beide näher zusammen. Und so nah, wie sie heute beieinanderstehen, umgibt sie ein festes Band der Vertrautheit. Dieses Band brachte erst die Verlässlichkeit mit sich, die ihm nicht zuletzt wichtig erscheint für das Leben ihrer beiden

Kinder, die zwar noch immer Kinder sind, aber doch auch längst aus dem Gröbsten raus. Seine Familie ist seine Heimat geworden, seine Frau sein Zuhause, das ihm Schutz bietet und Anerkennung und Fürsprache und Loyalität und tiefes Vertrauen.

Das allerdings ist das genaue Gegenteil von Abenteuer.

»Elf Tage.«

Eine Stimme direkt an seinem Ohr! Erschrocken dreht er sich um. Sie ist es. Sie hat sich angeschlichen. Direkt hinter ihm steht sie jetzt, so nah, dass sie ihm auch ins Ohr hätte beißen können.

»Elf Tage«, wiederholt sie stattdessen. Er bringt kein Wort heraus und schaut verschämt wieder nach vorn auf die Gleise. Er weiß genau, was sie meint.

»Seit elf Tagen treibst du jetzt deinen Spaß mit mir.«

Ja, richtig. Vor elf Tagen hat er ihr zum ersten Mal hier unten aufgelauert. Sie muss ihn bemerkt haben, ganz sicher, doch elf ganze Tage lang hat sie nichts dazu gesagt und ihm sein kleines Abenteuer gelassen.

»Das hat jetzt ein Ende«, bestimmt sie. »Ab jetzt will ich auch was davon haben!«

Er nickt. Er nickt fast automatisch, denn verstanden hat er nicht, was sie gesagt hat. Zu sehr verstört ihn ihre Nähe.

»City-Hotel«, sagt sie dann. »In der Lobby um neunzehn Uhr. Ich werde nicht auf dich warten, also sei pünktlich.«

Das ist ein Date, denkt er. Ein unverschämt unanständiges, abenteuerliches Date. Er verfolgt diese Frau, elf Tage lang, und dann dreht sie den Spieß einfach um und fordert ihn heraus. Eigentlich hatte er mit einer Kopfnuss gerechnet oder einer Szene. Aber jetzt hat er ein Date. Im Hotel. Mit einer Frau aus der U-Bahn.

»Und die Kinder?«, fragt er.

»Du hast Kinder?«, fragt sie und er muss grinsen.

»Du etwa nicht?«, fragt er.

»Doch, zwei süße kleine Kinderchen«, gibt sie zu.

»Und?«, fragt er ernst. »Wer holt die nachher von der Schule ab?«

»Deine Mutter«, sagt sie und wedelt mit ihrem Smartphone direkt vor seiner Nase herum. »Sie kocht auch und bleibt sogar über Nacht, und morgen sitzen die lieben Kleinen wieder pünktlich in der Schule. Heute musst du dich mal um nichts kümmern.«

Wieder muss er grinsen. Diese Frau, denkt er, sie überrascht ihn immer wieder.

Die Bahn fährt ein. Eine Tür öffnet sich direkt vor ihm. Eine Menschentraube quetscht sich an ihm vorbei in den Zug.

»Zeit, sich neu zu verlieben, Süßer«, flüstert sie in sein Ohr. Dann drängelt auch sie sich an ihm vorbei und verschwindet in der Bahn. Gerade will er ihr folgen, da dreht sie sich noch einmal um und schiebt ihn zurück auf den Bahnsteig.

»Du bleibst draußen«, sagt sie streng. »Stalker wie du, Baby, nehmen besser die nächste Bahn.«

Stark sein ist Bürgerpflicht

»Ich komme nicht wieder mit.«

Helen schaut ins Tal hinab. Ihr Blick folgt der Straße, die sich kilometerweit den Hang zu ihr heraufwindet. Die Stadt ist längst nicht mehr zu sehen. Die Berge haben all die Häuser, Straßen und Parks geradezu verschluckt, und jetzt auch Helens Stimme, die noch dünner klingt hier oben und noch zaghafter, als ohnehin schon.

»Hörst du? Ich werde nicht mehr mitkommen.«

Seit Jahrzehnten wohnen sie unmittelbar am Fuß dieser Gebirgskette. Die Berge haben sie immer erdrückt. Sie nehmen ihr die Sonne am Morgen, wenn sie das Licht am nötigsten braucht, wenn sie sich nach Kraft sehnt für ihren endlos langen Tag. Schaut sie aus dem Fenster ihrer modernen Küche, blickt sie wie vor eine Wand. Ein Gefängnis kann kaum schlimmer sein.

Hier oben ist sie noch nie gewesen. Er schon, aber sie nicht. Oft hat sie sich vorgestellt, einfach hinaufzusteigen, der Sonne entgegen. Doch dann ist sie immer zusammengesunken auf ihrem Küchenstuhl, während er im Stehen seinen Kaffee hinunterstürzte und dann zur Arbeit verschwand. Erst heute, an ihrem Geburtstag, hat er sie zu dieser Fahrt überredet. Sie wollte ja lieber laufen, doch er hat sie ausgelacht. Wie lange sie denn unterwegs sein wolle, hat er sie gefragt und sie an die Gäste erinnert, die sich für den Abend angemeldet haben. Manchmal ist sie aber auch einfach zu dumm. Er hat immer alles im Blick. Er ist so stark und sie so schwach – also sind sie mit dem Auto gefahren. So ist es immer. Helen führt nicht, sie folgt. So lautet ihre Bestimmung. Das jedenfalls hat sie immer geglaubt. Doch jetzt steht sie hier oben und blickt ins Tal hinab, und sie sieht die Stadt nicht mehr und ihren kleinen Garten und das Haus mit der modernen Küche, den Mittelpunkt ihres Lebens, und sie hat überhaupt keine Angst dabei, denn auch ihre Angst, ihre alltägliche Angst, die sie begleitet, seit sie ein Kind war, hat dieses Gebirge verschluckt.

»Was hast du gesagt, Schatz?«, hört sie ihn fragen. Er steht direkt neben ihr und lehnt an seinem Wagen, und trotzdem hat er sie nicht verstanden. Das liegt an ihrer Stimme. Wie oft hat sie sich gefragt, was mit ihrer Stimme ist? Schon ihr Vater hat sie nie verstanden, wenn sie ‚Nein' sagte, und wenn sie dann mit ihrer Mutter über Vater sprach, hat diese zwar gehört, was sie sagte, doch verstanden hat sie sie nie. Helens Stimme ist einfach zu schwach. Und hier oben auf diesem erhabenen Gebirge, das alles zu verschlucken scheint, muss sie wohl weit über sich hinausgehen, wenn sie will, dass er sie versteht, und sie muss ihre Stimme über alles bisher Mögliche erheben.

»Ich komme nicht wieder mit«, wiederholt sie, und tatsächlich scheint es ihr, als zucke er ein wenig zusammen bei diesen Worten.

»Du willst wirklich den ganzen Weg zurück laufen?«, fragt er, ohne vom Smartphone aufzuschauen. Na, das ist doch schon mal ein Anfang. Zwar hat er sie falsch verstanden, aber reagiert hat er immerhin.

Helen dreht sich um und wendet dem Weg, den sie gemeinsam heraufgekommen sind, den Rücken zu. Ihr Blick fällt auf eine unendlich scheinende

Berglandschaft. Noch nie hat sie so weit in die Ferne geschaut. Gipfel folgt auf Gipfel, bis die entferntesten von ihnen weit in der Unendlichkeit im Nebel verschwinden. Was dort liegt, kann sie nicht erahnen. Aber sie will es erfahren, und sie empfindet überhaupt keine Angst bei dem Gedanken, es zu erfahren. Im Gegenteil: Zu gern wüsste sie, wie die Welt dort aussieht, wo sie niemals hinkommen wird. Sie stutzt. Diese Neugier kennt sie nicht – nicht mehr. Schon als Kind ist sie ihr abhandengekommen. Ihr Vater hat sie ihr geraubt, Stück für Stück und von Mal zu Mal, und sie hat sie nicht verteidigen können mit ihrem zarten Kinderstimmchen. Warum also steht sie jetzt hier und fühlt diesen Drang in sich, das Unbekannte zu erfahren? Vielleicht, so denkt sie, kann diese bergige Unendlichkeit nicht nur Bestehendes verschlucken, sondern auch Verlorenes wieder ausspeien.

»Ich komme gar nicht wieder mit nach Hause«, sagt Helen, und ihr ist, als flöge ihre Stimme den Berg hinab, durch das breite Tal hindurch und den nächsten Hang wieder hinauf und wäre noch auf dem benachbarten Gipfel zu hören. Warum, so fragt sie sich jetzt, warum war ihre Stimme eigentlich immer so schwach? Warum brauchte sie damals ihre aufmerksame Lehrerin, um sich von ihrem Vater zu befreien? Warum brauchte sie das Gesetz, das Kinder vor der Übermacht Erwachsener schützt?

»Du kommst nicht mit?«, fragt er. »Willst du noch zu einer Freundin?«

Noch immer hat er sie nicht verstanden. Wie laut muss sie denn noch sprechen? Sie schaut zu dem nächsten Gipfel hinüber, auf dem man sie eigentlich hätte verstehen müssen. Wie kommt man dort hin? Sie sucht nach Straßen oder Wegen in der Landschaft. Doch es gibt keine. So weit ihr Auge reicht, scheint diese Wildnis vollkommen unberührt zu sein. Das Rot der nackten Erde, das Grün der Bäume – gemeinsam formen sie in unendlich vielen Nuancen eine Welt, die Helen hier zu Füßen liegt, und in Helen formen sie einen neuen Gedanken, einen Gedanken, den sie bisher noch nie zugelassen hat. Sie spürt, wie sie sich aufrichtet, während sie ihn denkt. Es ist ein unerhörter Gedanke, kühn und frech, wild wie die Berge, auf die sie blickt. Natürlich, denkt sie, natürlich! Es war alles ganz anders, als sie immer gedacht hat. Nicht für ihre zu leise Stimme hat ihr Vater damals teuer bezahlen müssen. Vielmehr war es seine eigene Taubheit.

»Was ist mit deinen Gästen?«, hört sie eine Stimme hinter sich und denkt, dass ihr Vater wohl nicht der letzte taube Mensch in ihrem Leben geblieben ist. Doch dann denkt sie an die wenigen Hörenden, an ihre Lehrerin, an den Richter und an die Damen vom Jugendamt, die ihr beistanden. Damals stand das Gesetz auf ihrer Seite. Doch wer schützt sie heute? Wer schützt schwache Menschen vor starken? Freunde etwa? Nachbarn? Wer mischt sich ein, wenn ein erwachsener Mensch vereinnahmt wird und sich nicht wehrt? Wer ermahnt starke Menschen zu Schwäche? Ja, wer ermahnt starke Menschen zu Schwäche? Niemand. Niemand, denn zu sehr ist stark sein Tugend. Jeder erwachsene Mensch hat stark zu sein. Wer schwach ist, wird überrannt oder mitgerissen und findet sich dort wieder, wo er nicht hin will. Wer sich nicht durchsetzt, über den wird bestimmt. Stark sein ist Bürgerpflicht!

»Helen!«, hört sie seine Stimme. Sie klingt wie immer, wenn er an ihre Vernunft appelliert und sie an ihre Dummheit erinnert. »Helen!«, wiederholt er, laut und fordernd wie sein Smartphone, das jetzt in seiner Hand vibriert und bimmelt, als ginge gerade die Welt unter. »Helen! Wann kommst du zurück?«

Helen weiß die richtige Antwort. Sie wusste sie schon immer. Doch erst heute, an ihrem Geburtstag, hat sie endlich keine Angst mehr, sie auszusprechen.

»Nie mehr«, sagt sie, und ihr ist, als explodierten die Felsen unter ihren Füßen, als schleuderte die erhabenste aller Landschaften all ihre Materie in die Höhe und als erzitterten noch weit hinter dem Nebel die entferntesten Berge bei ihren Worten.

Dann setzt sie ihren ersten Schritt in eine unendlich weite Wildnis ohne jeden festen Weg.

Los Andes, © Regine Gies, Sprockhövel

Kammerasyl

„Lagerraum" stand auf dem Türschild. Endlich einmal kam diese kleine Kammer auch mir zugute. Entschlossen drückte ich die Klinke und stieß die Tür auf.

»Anklopfen!«, hörte ich von drinnen. Ich erschrak, doch an der Stimme erkannte ich, dass es Lyn war, die mich angefaucht hatte. Sie stand mit dem Rücken zu mir neben einem der Regale. »Kennen Sie die Regeln nicht?«

Oh weh! Das Anklopfen war mir irgendwie durchgegangen, zu sehr war ich darauf bedacht, mich in Sicherheit zu bringen.

»Tür zu!«, rief Lyn.

Ich betrat den Raum und gehorchte, so schnell ich konnte. Dann lauschte ich an der Tür. Nichts war draußen zu hören, nur das Summen der Klimaanlage, und irgendwo begann ein Drucker zu drucken. Lyn wandte mir noch immer den Rücken zu und schien sich hastig ihr Make-up zu richten.

»Tschuldigung«, sagte ich.

»Eddi, du?«, fragte sie und drehte sich um. Ihre Wangen waren gerötet, wenn auch nicht so sehr, wie Augen und Nase. »Was machst du denn hier?«

»Ach, frag nicht«, winkte ich ab. Süß sah sie aus – so verheult noch viel süßer als ohnehin schon.

»Du warst ja noch nie hier drin!«, behauptete sie.

»Stimmt. Du dafür umso öfter, oder?«

»Fast jeden Tag«, gab sie zu. »Kommt darauf an, wie oft mein Telefon klingelt. Manchmal brauche ich einfach Ruhe und Frieden.«

Ich sagte nichts und lächelte.

»Tja«, sagte Lyn. »Und jetzt hast du mich erwischt.«

»Tschuldigung nochmal.«

»Schon gut«, sagte sie und wischte noch einmal unter ihrem Auge her.

»Kommen hier eigentlich viele hin?«, fragte ich.

»Kann man sagen. Besonders, wenn der Chef miese Laune hat. Manchmal findest du keinen Regalplatz mehr.«

Ich begutachtete die hohen Regale. Druckerpapier, Toner, Klopapier und Putzmittel – alles Mögliche lagerte hier. Doch in jedem Regal war auf Kniehöhe ein Regalboden leer und wirkte wie ein Bett, nur ohne Matratze. Auch die Bettwäsche fehlte. Und die lichte Höhe war äußerst bescheiden.

»Aber das sind acht Plätze!«, gab ich zu bedenken.

»Yep«, bestätigte sie. »Und die sind dann alle voll.«

Ich musste grinsen, denn mit einem Mal wurde mir klar, warum unser kleines Großraumbüro zeitweise wie leergefegt schien. Ich hatte diesen Zufluchtsort fast vergessen, seit der Betriebsrat ihn vor Jahren durchgesetzt hatte. Erst gestern war mir seine Existenz wieder durch den Kopf geschossen. Heute war er meine Rettung.

Lyn setzte sich auf eines der Regalbretter. Vornübergebeugt saß sie da, um nicht mit dem Kopf anzustoßen.

»Willst du dich nicht zu mir setzen?«, fragte sie und zupfte an ihrem Rock. Doch gerade in diesem Moment hörten wir Schritte. Ich presste das Ohr an die Tür und lauschte. So klang das anschließende Klopfen wie ein Donnern in meinen Ohren.

»Eddi!«, rief Lyn entsetzt. »Willst du da an der Tür stehen bleiben?«

Sie hob ihre Füße und legte sich auf ihr Regalbrett, und als sich die Tür öffnete, stand ich wie blöde mitten im Raum.

»Huch!«, erschrak Vladimir, denn es war Vladimir, der hereinkam, ein Kollege, der zwei Tische neben meinem seinen Platz hatte. »Hey, Edward«, sagte er. »Wenn du da rumstehst, kannst du auch gleich draußen bleiben.«

»Allerdings«, bestätigte Lyn. »Die Regeln, Eddi!«

Die Regeln. Ja, für diesen Raum gab es eisern ausgehandelte Regeln, die immer mal wieder in verschiedenen Memos auftauchten.

»Oh«, sagte ich. »Welche noch gleich?«

Vladimir schnaubte nur verächtlich – er mochte mich nicht besonders – und setzte sich auf ein freies Brett. Lyn stellte wieder ihre Füße auf den Boden.

»Regel sieben: Nur, wer ordentlich und vollständig im Regal liegt, ist tabu«, zitierte sie. »Wenn du da rumstehst, wirst du sofort einkassiert. Wäre nicht das erste Mal.«

»Ach so. Danke für den Tipp«, sagte ich und setzte mich auf eines der anderen Bretter.

»Der Biggi hat übrigens so'n Hals!«, stöhnte Vladimir. »Der tobt in seinem Büro. Ich bin lieber weg, bevor er da rauskommt.«

Ich war verwirrt. »Du sagst wirklich Biggi?«, fragte ich. Unser aller Chef hieß natürlich nicht Biggi. Doch vor Jahren hatten zwei Kollegen ihn Big Brother genannt, weil er uns alle ausspionierte, wo er nur konnte. Aus Big Brother wurde bald Biggi, weil es kürzer und lustiger war. Natürlich erfuhr Biggi davon, obwohl niemand wusste wie, und die beiden Kollegen wurden gefeuert. Seitdem hatte niemand mehr den Mut, seinen Spitznamen zu verwenden.

»Klar nenne ich ihn Biggi«, sagte Vladimir und legte sich lang auf seine harte Pritsche.

»Aber nur hier drin!«, ergänzte Lyn. »Du kennst wohl überhaupt keine Regel. Regel neun: Nichts, was hier drinnen geschieht, verlässt den Raum. Selbst wenn er uns hier bespitzelt, darf er nichts gegen uns verwenden. Jeder kann hier seine schlimmsten Geheimnisse erzählen. Draußen sind sie wieder geheim. Pass mal auf, Eddi: Ich zum Beispiel fand es echt scheiße, wie du mich heute Morgen abserviert hast. Monatelang hast du mit mir geflirtet, und dann stößt du mich plötzlich weg und gibst mir einen Korb. Keine Erklärung, keine weitere Chance – du bist echt ein Arsch.«

»Und ein Idiot«, ergänzte Vladimir. Nicht nur ich war verknallt in Lyn.

»Und?«, fragte sie Vladimir. »Erzählst du das jetzt rum?«

»Keineswegs«, sagte er, schob einen Arm unter den Kopf und schloss die Augen. »Ich kenne ja die Regeln.«

»Ziemlich cool, oder?«, fragte sie mich, und ich wusste nicht, was cooler war, diese absurde Regel oder ihre Art, mir die Meinung zu geigen.

Plötzlich klopfte es erneut. Ich erschrak, doch herein kam nur Dilma, die Praktikantin.

»Der Biggi tickt völlig aus«, sagte sie und suchte sich ein freies Brett. »Er hat sogar den Wachdienst gerufen. Die Angela kommt auch gleich.«

Schon klopfte es erneut. Ich quetschte mich immer näher an die Wand und achtete darauf, ordentlich und vollständig im Regal zu liegen. Angela war immerhin die Chefsekretärin.

»Jemand hat an Biggis Computer rumgefummelt«, gab sie zum Besten, als sie hereintrat. »Im Top-Secret-Bereich. Er wird sicher gleich hier auftauchen.«

Es klopfte noch viermal an die Tür, und jedes Mal blieb mein Herz fast stehen. François, Giorgio und Fredrik gesellten sich zu uns, und als David hereinkam, waren alle Regale belegt.

»Mist, voll«, sagte er. »Der Sicherheitsdienst filzt die Etage. Ich melde mich lieber krank.« Mit diesen Worten verschwand er. Mir aber brach der Schweiß aus. Langsam wurde mir klar, was ich da heraufbeschworen hatte.

Nur wenige Minuten später wurde es laut auf dem Flur. Jemand schimpfte und fluchte, und dieser jemand war Biggi, unser Chef, und er kam viel zu schnell näher. Dann klopfte es an der Tür, nein, die Tür wurde fast eingeschlagen und sofort danach aufgestoßen. Selbst Lyn konnte nicht schnell genug ihre Füße auf ihr Brett heben, doch zu ihr wollte Biggi nicht. Stattdessen hatte er mich sofort erblickt und stürzte zu mir herüber.

»Ich mach Sie fertig!«, brüllte er mich an. »Sie kommen hier nicht lebend raus, das verspreche ich Ihnen, Sie mieser Verräter!«

Voller Angst quetschte ich mich in die hinterste Ecke meines Brettes. Biggi berührte mich nicht, aber er beugte sich tief zu mir herab und kam mir so nahe, dass ich seinen Atem riechen konnte.

»Wenn Sie diesen Raum verlassen«, brüllte er weiter, »dann stehe ich draußen und reiße Ihnen das Herz raus! Ihre dreckige Visage kommt als

Schrumpfkopf in meine Vitrine, und den schäbigen Rest werfe ich meinen Hunden zum Fraß vor!«

Dann richtete er sich auf, drehte sich um und verschwand so schnell, wie er gekommen war. Die Tür flog mit einem Donnern ins Schloss, dass die Wände zitterten.

Meinen Kollegen stand der Schock ins Gesicht geschrieben. Vladimir sprach als Erster aus, was sich alle fragten: »Was zum Teufel hast du angestellt?«

Benommen versuchte ich mich aufzurichten, stieß mir aber den Kopf an. Also stellte ich die Füße auf den Boden und setzte mich vorne auf die Brettkante.

»Bist du verrückt?«, rief Lyn. »Sofort wieder da rein! Der Biggi ist nicht ...«

In diesem Moment donnerte es erneut an die Tür. Panisch warf ich mich zurück auf das harte Holz, und schon stand Biggi wieder vor mir.

»Von mir aus können Sie sich verkriechen und hier verrotten. Ihre Knochen werden uns noch in hundert Jahren an Ihren Verrat erinnern!«

Dann verschwand er wieder, nicht leiser als zuvor.

»Der Biggi ist nicht doof«, flüsterte Lyn. »Der kommt immer nochmal wieder rein. Bleib bloß liegen.«

»Was hast du angestellt?«, wiederholte Vladimir

seine Frage. Doch ich war zu geschockt, um zu antworten. Ich lag auf meinem Brett und hörte zu, wie mein Herz raste. Ja, was hatte ich da nur angestellt?

»Er hat Daten geklaut«, behauptete Angela.

»Was für Daten?«, fragte Vladimir.

»Geheime Daten.«

»Was denn für welche?«

»Keine Ahnung. Edward, was hast du für Daten geklaut?«

Langsam kam ich wieder zu mir. Jetzt war alles egal, dachte ich mir. Jetzt konnte ich ruhig alles erzählen.

»Ich habe Biggis Computer gewartet, wie immer. Das war gestern. Dabei habe ich Daten gefunden, die eindeutig beweisen, dass er uns alle ausspioniert. Wanzen, Kameras, Detektive, Spionagesoftware – die ist übrigens auf all unseren Rechnern – Software zum Abhören der Telefone, zum Scannen der Mails, sogar in dein Handy hat er sich eingehackt, Angela. Ihr habt ja keine Vorstellung! Heute habe ich alles kopiert. Alle Beweise sind hier drauf.«

Ich zog mein Handy aus der Tasche und hatte das Gefühl, als sei es so heiß, dass ich mir die Finger daran verbrannte. Alle starrten wie gebannt auf dieses Stück Elektronik.

»Wow!«, staunte Giorgio.

»Großartig!«, behauptete François.

»So ein Schwein!«, schimpfte Lyn. »Gewusst haben wir es immer, aber du kannst es jetzt endlich beweisen.«

Sie klatschte in die Hände. Sofort taten es ihr die anderen gleich und applaudierten mir für meine kühne Tat. Sogar Vladimir ließ sich zu einer These hinreißen, die mich sehr stolz machte: »Edward, du bist echt der Größte.« Er kletterte aus seiner Deckung, kam zu mir herüber und setzte sich zu mir. »Lass mal sehen.«

Auch die anderen kamen, und mit einem Mal saßen sie alle auf der Vorderkante meines Regalbretts. Ich zeigte ihnen ein Dokument nach dem anderen, und mit jedem stieg ihre Wut auf ihren Chef und ihre Anerkennung für mich.

Kaum hatten wir die Hälfte durchgesehen, da öffnete sich plötzlich und unversehens die Tür. Zwei Männer stürzten herein. Es waren Sicherheitsleute, und sie hielten tatsächlich Sturmgewehre in den Händen. Sie wussten genau, nach wem sie suchten, denn ihre Blicke fixierten mich sofort. Doch noch ehe sie etwas sagen konnten, sprang Vladimir auf und stellte sich ihnen in den Weg.

»Anklopfen, ihr Idioten!«, brüllte er sie an. »Wohl Regel Nummer eins vergessen!« Verunsichert sahen sie sich an. »Und jetzt raus hier!«

»Tschuldigung«, sagte einer der beiden, drehte sich um und schob seinen Kollegen hastig aus dem Raum.

»Tür zu!«, schrie Lyn ihnen hinterher.

»Ja, Entschuldigung«, sagte wieder einer von ihnen und die Tür wurde geschlossen. Schnell brachten sich alle wieder in Sicherheit. Es klopfte. Herein traten die beiden Sicherheitsleute. Sie kamen zu mir herüber und hielten mir die Gewehrläufe vor mein Gesicht.

»Mitkommen!«, schrie der eine.

»Sofort!«, kreischte der andere und fuchtelte ungeschickt mit seinem Gewehr vor meiner Nase herum.

Ich weiß nicht mehr genau, wie es geschah, aber sicher ist, dass ich Gewehrläufe so dicht vor meinen Augen in keinster Weise erwartet hatte. Ich bekam Panik, hob beschwichtigend einen Arm, schob mich nach vorn und stellte meine Füße wieder auf den Boden. Sofort ergriffen mich starke Sicherheitsmann-Hände, rissen mich hoch und schleiften mich Richtung Tür.

»Halt!«, rief Lyn. »Das dürfen Sie nicht! Regel Nummer ...«

»Doch, dürfen wir«, wurde sie unterbrochen. »Er hatte die Füße auf dem Boden.«

Das stimmte allerdings. Unfreiwillig erreichte ich die Tür und wurde hindurchgeschoben. Draußen wartete Biggi auf mich mit geballten Fäusten und höhnisch grinsend. Mein armes Herz, dachte ich und sah mich schon als Schrumpfkopf in seinem Büro. Doch hatten wir alle die Rechnung ohne Vladimir gemacht. Er war aufgesprungen und uns gefolgt. Ohne zu zögern trat er jetzt jedem meiner Wächter mit aller Kraft in die Kniekehle. Schreiend gingen sie zu Boden. Dann ergriff er meinen Arm und zerrte mich in den Raum zurück. Er schubste mich auf mein Regalbrett und brachte sich selbst auf seinem in Sicherheit. Gleichzeitig sprang Lyn auf und warf sich vor mich auf mein Brett. Ich lag mit dem Rücken an der Wand und sie schützend vor mir, wie ein Löffelchen vor dem anderen – keine Sekunde zu früh, denn schon stand Biggi in der Tür und fluchte und schimpfte.

»Jeder, der nicht binnen fünf Minuten diesen Raum verlässt, ist gefeuert!«, rief er.

»Das dürfen Sie überhaupt nicht!«, belehrte ihn

Vladimir. »Nichts, was hier drin geschieht, verlässt den Raum. Schon vergessen, Biggi?«

»Na gut«, sagte Biggi ruhig. »Wie Sie vermutlich inzwischen wissen, habe ich genug Daten in der Hand, um irgend etwas anderes zu finden gegen jeden ...«, und hier erhob er wieder seine Stimme, »... der nicht in fünf Minuten draußen ist!« Dann verschwand er und schlug erneut die Tür hinter sich zu.

Alle schwiegen, während ich riechen konnte, wie gut Lyns Nackenhaar duftete.

Ich weiß nicht mehr, wer uns zuerst verließ. Einer sagte: »Och nö, darauf habe ich jetzt echt keinen Bock« – und verschwand. »Sorry, Alter, aber ich brauche meinen Job«, sagte jemand anders. Vladimir war der Letzte, der sich verabschiedete.

»Ich lasse euch Turteltäubchen wohl besser mal allein«, sagte er. »Edward, du kennst meine Nummer. Wenn was ist, ruf an. Ich bin immer mit dabei, wenns darum geht, dem Biggi eins auszuwischen.«

Lyn blieb. Sie blieb, bis die fünf Minuten um waren und sie ihren Job verloren hatte. Während dieser Zeit hatte ich den Eindruck, dass sie mich immer fester gegen die Wand quetschte.

»Und weg sind sie«, sagte ich, als hinter der Tür wieder Ruhe eingekehrt war.

»Ja«, bestätigte Lyn.

»Warum sind sie nicht geblieben?«, fragte ich.

»Sie hätten ihren Job verloren – und ihr funktionierendes Leben.«

»Lieber verlieren sie ihre Freiheit?«

»Scheint so«, bestätigte Lyn. »Und du? Warum hast du die Daten geklaut?«

Ich musste überlegen. Warum hatte ich getan, was ich getan hatte? Warum war ich so dumm gewesen, mein funktionierendes Leben wegzuwerfen? Doch eigentlich war die Antwort ganz einfach.

»Ich möchte nicht in einer Welt leben, in der alles, was ich tue und sage, aufgezeichnet wird. Solche Bedingungen bin ich weder bereit zu unterstützen, noch will ich unter solchen leben.«

»Das klingt wie eine Presseerklärung«, lachte Lyn.

»Und ich saß an der Quelle«, ignorierte ich ihr Lachen. »Als IT-Techniker hatte ich vollen Zugriff auf alle Beweise. Wenn nicht ich, wer dann?«

Lyn schwieg.

»Aber jetzt sind alle weg«, sagte ich. »Was habe ich eigentlich erreicht? Jetzt maulen zwar alle, aber niemand setzt sich zur Wehr. Alles geht weiter wie bisher, oder?« Umständlich zog ich mein Handy aus der Hosentasche und hielt es Lyn vors Gesicht. »Biggi kann es doch völlig egal sein, wenn ich all das hier veröffentliche.«

Noch immer sagte Lyn nichts. Sie nahm mir das Handy aus der Hand, drehte es ein paar Mal vor ihren Augen, und legte es dann unter das Regalbrett.

»Wie lange hält man es hier drin wohl aus?«, fragte ich nach einer Weile.

»Sehr lange«, antwortete sie.

»Wochen? Monate?«

»Unendlich lange.«

»Ist hier denn überhaupt ein Klo?«

Lyn zeigte in die hinterste Ecke des Raumes. »Da hinten«, sagte sie. »Hinter dem dritten Regal.«

»Und eine Dusche?«

»Auch da hinten. Und eine Badewanne.«

»Cool«, sagte ich. »Aber was essen wir denn?«

Sie zeigte zum Türrahmen. »Da vorne, neben dem Wandtelefon, hängt die Karte vom Balalaika-Grill. Russische Spezialitäten mit Lieferservice. Echt lecker, glaub mir.«

»Ohne Geld? Wo bekommen wir denn Geld her?«

»Oh, stimmt! Biggi lässt bestimmt dein Konto

sperren. Du solltest sofort alles abheben, was du auf der Bank hast.«

Ich musste lachen. »Wie denn ohne Bankautomat?«

Lyn drehte sich um und lächelte mich mitleidig an.

»Du Held!«, sagte sie. »Du hast wirklich kein einziges Memo über diesen Raum gelesen, habe ich recht?«

Ich nickte.

»Da hinten«, sagte sie. »Zwischen Einbauküche und Fitnessbereich, direkt neben der Tür zu den Außenanlagen mit dem Wäldchen und dem Pool, da ist einer.«

Ich grinste. Dann gab ich ihr einen Kuss.

Für *Edward Joseph Snowden*
  * 21. Juni 1983 in Elizabeth City, North Carolina

Mama hält mich fest,
wenn ich lache

So viel Wasser! Viel mehr Wasser als bei uns zu Hause in der Badewanne. Auch viel mehr als im Krankenhaus-Bad. So viel Wasser, direkt unter meinen nackten Füßen, und ich schwebe direkt darüber. Gleich werden meine Zehen die Oberfläche berühren, das weiß ich genau. Ich weiß auch, wie sich das anfühlt, ich bin ja nicht zum ersten Mal hier. Aber noch ist es nicht so weit, noch schwebe ich hier oben. Mama wartet schon dort unten. Sie hält meine Füße, obwohl sie das nicht müsste. Ich falle schon nicht herunter. Das weiß sie auch genau, sie selbst hat ja alles genau kontrolliert. Aber trotzdem hält sie meine Füße – obwohl sie das nicht müsste. Hier oben brauche ich sie doch nicht. Nicht hier oben. Außerdem ist Betti ja auch noch da.

Betti hat mir gerade wieder etwas ins Ohr geflüstert. Das tut sie immer, und jedes Mal denkt sie sich etwas Neues aus. Heute hat sie gesagt: »Setz dich, kleine Prinzessin. Dein Thron wartet schon auf dich.« Neulich war es kein Thron, da war es noch eine Achterbahn, allerdings eine sehr langsame Achterbahn. Und einmal hat sie sogar gesagt, ich wäre bestimmt die schnellste Schwimmerin im ganzen Bad, die anderen Kinder würden sich noch umgucken. Ich muss immer so lachen, wenn sie mir solche Sachen ins Ohr flüstert. Mama weiß dann immer gar nicht, warum ich lache, weil Betti ja so leise flüstert, dass Mama nichts verstehen kann. Das ist dann immer unser Geheimnis, Bettis und meins.

Jetzt tauchen meine Füße ins Wasser. Es ist warm und es kitzelt, aber ganz anders, als wenn Mama mich kitzelt oder Papa oder Joschi. Es ist irgendwie so weich und warm und krabbelt immer weiter meine Beine hinauf und ich muss unbedingt laut lachen. Das muss ich immer. Und plötzlich läuft das Wasser auch auf meinen Thron. Mein Po verschwindet darin, auch meine Beine, und dann mein Bauch – am Bauch kitzelt es immer am meisten. Und ich tauche immer tiefer unter, bis Betti meinen Thron stoppt. Das Wasser steht mir jetzt fast bis zum Hals und ich höre auf mit Lachen. Das mache ich immer, denn beim ersten Mal habe ich mich ganz schrecklich verschluckt, weil mir das Wasser in den Mund gelaufen war. Da musste ich husten und hatte Angst und habe geweint. Betti musste mich auf meinem Thron wieder herausheben. Heute habe ich aber keine Angst mehr. Wenn Mama meine Gurte löst und mich auf ihren Arm gleiten lässt, dann lache ich einfach nicht – obwohl das immer der zweitgrößte Spaß ist von allen.

Mama weiß genau, wie sie mich halten muss. Sie ist so stark und es ist so schön in ihren Armen. Wenn sie mich an Land aus meinem Rollstuhl hebt oder hineinsetzt, dann tut mir das manchmal ein bisschen weh. Aber im Wasser ist alles ganz einfach, da tut mir gar nichts weh. Und ich freue mich immer, so nah bei ihr zu sein und dass sie dann so viel Zeit hat für mich und dass sie mich nie, nie loslassen wird, solange sie mich durchs Wasser gleiten lässt. Wir haben so viel Spaß miteinander, und heute ist Joschi auch mit dabei und schwimmt neben uns her und spritzt ganz schön herum und macht lauter Unsinn. Manchmal kommt Papa auch mit, dann spritzen die beiden sich die ganze Zeit nass und spielen Fangen oder Papa nimmt Joschi Huckepack im Wasser oder Joschi taucht unter und nur seine Füße sind noch zu sehen. Ich bin ganz schön oft neidisch auf meinen kleinen Bruder. Er kann seine Arme und Beine bewegen, genau so, wie er es will, und er hat schon längst Schwimmen gelernt und Laufen und Sprechen und Toben. Heute muss er etwas vorsichtiger sein, sagt Mama und dreht sich so, dass ich nicht so nass werde im Gesicht. Aber lachen muss ich jetzt trotzdem, weil alles so viel Spaß macht.

Ich weiß ja, dass man beim Lachen Wasser in den Mund bekommen kann, weil es ja schon einmal passiert ist und gar nicht schön war. Aber wenn ich erst im Wasser bin und so nahe bei Mama, dann denke ich ganz oft nicht mehr daran. Ich spüre dann nur noch das warme und weiche Kitzeln überall und muss einfach lachen, weil es so kitzelt und weil Joschi so einen Quatsch macht. Mama lacht dann auch, und manchmal glaube ich, dass sie weint, wenn ich besonders laut lache. Keine Ahnung, warum sie das macht. Vielleicht weint sie ja auch doch nicht und hat nur Wasserspritzer in den Augen. Wenn ich sie ansehe, lacht sie jedenfalls sofort mit mir und ich muss noch lauter lachen. Und ich habe keine Angst, denn Mama lässt mich niemals los, und sie hält mich immer so, dass mir kein Wasser in den Mund läuft und dass ich mich nie wieder verschlucke. Ich weiß ganz genau: Mama hält mich fest, wenn ich lache.

Das Doofe am Schwimmengehen ist immer, dass es so schnell wieder vorbei ist. »Jetzt wird es aber langsam zu kalt«, sagt Mama irgendwann, aber eigentlich stimmt das gar nicht und auch Joschi fängt an zu maulen. »Na gut«, sagt Mama. »Noch fünf Minuten.« Das sagt sie immer, und dann machen wir beide noch eine letzte Runde durch das ganze Becken. Joschi schwimmt zu den Sprudeldüsen hinüber und lässt sich das Wasser über den Kopf sprudeln. So viel Wasser läuft über sein Gesicht! Ich staune, dass er sich das traut und gar nicht husten muss.

Ich gleite weiter durch das Wasser auf Mamas Arm und bin traurig, dass es bald vorbei ist, und gleichzeitig lache ich über die planschenden Kinder um uns herum. Dann sehe ich, dass Betti schon am Beckenrand wartet. Meinen Thron hat sie schon ins Wasser gelassen. Mama setzt mich darauf. Sie legt mir die Gurte an und kontrolliert alles ganz genau.

Dann gibt sie Betti ein Zeichen, und Betti drückt einen Knopf. So langsam wie eine besonders langsame Achterbahn hebt mich mein Thron aus dem Wasser und lässt mich hoch durch die Luft schweben, zu Betti und meinem Rollstuhl hinüber.

Das Schweben ist überhaupt immer der allergrößte Spaß hier im Bad, und Joschi schaut uns genau zu dabei. Ich glaube, dass er ein bisschen neidisch ist auf mich.

Tor der Tränen

Der Entscheider schaut auf die Uhr. Dann schreibt er etwas in Sayids Akte, die vor ihm auf dem Tisch liegt. Der Dolmetscher starrt auf das welke Ahornblatt, das Sayid am Stiel hin und her dreht.

»Sie sind also als blinder Passagier gereist. Die ganze Strecke, von Somalia bis Hamburg. Habe ich das richtig verstanden?«

Sayid nickt – und weiß genau, wie die nächste Frage lautet.

»Wie hieß das Schiff?«

Natürlich wollen sie den Namen wissen. Alles, was er hier sagt, wird irgendwie nachgeprüft, weiß Sayid. »Erfinde nichts hinzu«, hat man ihn in der Flüchtlingsberatung ermahnt. »Du darfst niemals in deinem Leben lügen«, hat sein Vater immer gesagt – und sein Vater ist ein weiser Mann, auf den er schon einmal nicht gehört hat. Aber was nun? Den Namen des Schiffes darf er auf keinen Fall nennen. Vor Wochen ging dieser Name hier durch die

Presse. Ein Frachter unter deutscher Flagge und mit deutscher Besatzung, freigekauft aus der Geiselhaft. Somalische Piraten hatten es gekapert. Wochenlang lag es am Bab al-Mandab, der Meerenge zwischen der somalischen Küste und dem Roten Meer. Die Mannschaft wurde nicht gut behandelt, und so sitzt der deutsche Hass auf somalische Piraten tief. Wenn er jetzt den Namen dieses Schiffes nennt, werden sie ihre Schlüsse ziehen.

»Bitte legen Sie das Blatt zur Seite«, fordert ihn der Dolmetscher auf. Hellbraun ist dieses Blatt, ähnlich braun wie somalischer Wüstensand. Warum nur ist dieses Blatt so braun geworden, bei so viel Regen? Und warum ist es abgefallen von einem dieser buntgefärbten Bäume draußen im Stadtpark? Unglaublich, wie bunt die Blätter dieser Bäume sind. Vor wenigen Tagen noch waren sie alle grün, nicht mehr so saftig grün wie noch vor Wochen, aber immerhin grüner als alles, was Sayid jemals gesehen hat. Jetzt aber sind sie gelblich oder sogar rötlich, und spätestens sobald sie braun werden, lassen die Bäume sie fallen. Genau so, wie Sayid seine Untaten hat fallen lassen.

»Herbst«, sagt er. Er sagt dieses Wort auf deutsch, während er das Blatt noch immer zwischen Daumen und Zeigefinger hält.

»Herbst?«, fragt der Dolmetscher. »Nein, wie das Schiff heißt, wollten wir wissen.«

Sayid hält das Blatt etwas höher. »Herbst«, wiederholt er stolz. Dieses Wort hat er gestern im Sprachkurs gelernt – aus gegebenem Anlass. Es ist ein sehr schweres Wort, und er hat lange geübt daran. Nach dem Herbst kommt der Winter, das hat er auch gelernt, und dass es noch viel kälter wird im Winter. Das allerdings kann und will er nicht glauben.

»Ja, Herbst«, bestätigt der Dolmetscher und lächelt anerkennend. Auch der Entscheider lächelt, aber nur ganz kurz, und so verschwindet auch das Lächeln des Dolmetschers wieder.

»Bitte legen Sie es jetzt zur Seite. Sie sollten dem Entscheider Respekt zeigen.«

Sayid legt das spröde Blatt vor sich auf den Tisch und schaut den Entscheider freundlich an, so wie man es ihm in der Flüchtlingsberatung geraten hat, und obwohl er kein Wort versteht von dem, was sein Gegenüber jetzt zum Dolmetscher sagt.

»Gut«, sagt dieser dann zu Sayid. »Vielleicht fällt Ihnen der Name ja später noch ein. Jetzt schildern

Sie bitte die Art Ihrer Verfolgung im Bürgerkrieg und die genauen Gründe, warum sie in Deutschland Asyl beantragt haben.«

Sayid schaut vor sich auf den Tisch. Ratlos ist er. Was soll er nur erzählen? Was hat er überhaupt zu erzählen? Von den Gefahren in seinem Heimatland soll er sprechen, von der Bedrohung durch den Bürgerkrieg, der viel älter ist als er selbst und dessen Sinn er nicht im Ansatz versteht. Er weiß, er muss reden von den islamistischen Terrorkommandos, von denen er aber nie eines mit eigenen Augen gesehen hat. Besser nicht reden sollte er dagegen – auch das hat man ihm geraten – von seinem Hunger und der Unterernährung seiner kleinen Nichten und Neffen, denn dann wäre er nur ein Wirtschaftsflüchtling und würde sofort abgelehnt. Er muss reden von den Gefahren, nach Kenia zu fliehen, wo Flüchtlinge verachtet, Frauen vergewaltigt und die Kinder zwangsrekrutiert werden. Doch all das hat er nicht selbst erlebt, nur Gerüchte gehört. Wie sollte er jetzt davon reden? Die Dürre dagegen, die er am eigenen Leib erlitten hat, die seiner Familie jede Chance nahm, als Bauern zu leben oder als Viehzüchter, wenn schon nicht mehr als Fischer wie bisher, die jahrelange Trockenheit muss er unerwähnt lassen, denn sonst wäre er sogar nur ein Klimaflüchtling, für dessen Anerkennung es überhaupt keine Rechtsgrundlage gibt. Reden sollte er von den tödlichen Kämpfen der Clans, von denen er überhaupt nichts versteht, von Attentaten und Überfällen, die er nie miterlebt hat, und der immerwährenden Angst, wie aus dem Nichts von Kugeln durchsiebt oder von einer Miene zerfetzt zu werden. Sayid hatte diese Angst nie. Wovon sollte er also reden?

»Bitte«, ermuntert ihn der Dolmetscher. »Erzählen Sie einfach die wichtigsten Ereignisse, die Sie erlebt haben.«

Nein, das darf er nicht, davon hat man ihm dringend abgeraten. Die wichtigsten Ereignisse seines Lebens muss er für sich behalten! Auf gar keinen Fall darf er die Kranken in den Fischerdörfern erwähnen und die missgebildeten Neugeborenen. Er hat sie fast überall gesehen entlang der somalischen Küste, vor der die Europäer illegal ihren Atommüll verklappt haben und sonstige Gifte, die nie jemand näher bestimmt hat. Er hat sogar die Fässer gesehen, die am Strand liegen und nach und nach durchrosten und vor denen alle Menschen dort Angst haben. Er kennt alle Berichte über die italienische Journalistin, die all das aufgedeckt hat, bevor sie ermordet wurde. Aber hier, vor diesen Europäern, darf er nicht darüber sprechen, schon gar nicht schimpfen, denn damit würde er genau die Menschen beschämen und beleidigen, die über seine Zukunft zu bestimmen haben. Genau so verhält es sich natürlich mit den riesigen Fischtrawlern aus der ganzen Welt, die nachts wie die Skyline von Manhattan über das Meer leuchten. Mit gigantischen Netzen fischen sie die somalische Küste leer, illegal. Eine somalische Küstenwache gab es nie, und europäische Behörden kümmern sich nicht darum. Doch darüber hier zu sprechen – auch das würde die Europäer beschämen und sich gar nicht gut auf seinen Asylantrag auswirken.

»Sie müssen jetzt etwas sagen«, drängt ihn der Dolmetscher. »Auch wenn es Ihnen schwerfällt.«

»Herbst«, sagt Sayid wieder. Vorsichtig legt er das Blatt auf seine offene Handfläche, die fast so weiß ist, wie das Gesicht des Entscheiders, der jetzt langsam ungeduldig wird.

»Erzählen Sie Ihre Geschichte«, mahnt der Dolmetscher.

»Der Herbst ist wie das Tor der Tränen«, sagt Sayid, diesmal nicht auf deutsch.

»Wie bitte?«

»Der Baum muss seine teuren Blätter fallen lassen, um den Winter zu überstehen.«

»Sie müssen jetzt Ihre Erlebnisse erzählen.«

»Er muss alles loslassen, um im Frühling wieder grün zu werden.«

»Stopp!«, sagt der Dolmetscher. »Der Entscheider kann Ihren Antrag nur positiv entscheiden, wenn Sie jetzt …«

»Ich bin Pirat!«, bricht es aus Sayid heraus. Wütend springt er auf. Der Dolmetscher weicht zurück. Der Entscheider lässt seinen Stift fallen.

»Ich bin Pirat!«, wiederholt Sayid. »Mein Vater hat all seinen Söhnen verboten, zu den Piraten zu gehen. Piraten haben keine Seele mehr, hat er gesagt. Sie tun Unrecht und gehen daran zugrunde, hat er gesagt. Ich habe seine Worte ignoriert. Ich wollte einfach kämpfen. Ich wollte zur somalischen Küstenwache gehören und meine Familie retten.«

»Setzen Sie sich wieder«, sagt der Dolmetscher streng. »Und beruhigen Sie sich.« Doch Sayid lässt sich nicht aufhalten.

»Von Fischerbooten aus haben wir diesen deutschen Frachter gekapert. Sechs Wochen lang war ich dann auf dem Schiff. Wir hielten es am Bab al-

Mandab fest. Ich bewachte die gefangenen Seeleute. Ich sah sie leiden, jeden Tag. Einen sah ich sterben. Ich habe geheult und wollte nur noch weg, zurück zu meinem Vater, ihn um Vergebung bitten, aber unsere Chefs ließen mich nicht gehen. Stattdessen nannten sie mich einen Verräter und verlangten viele böse Taten von mir, die mich noch heute in meinen Träumen verfolgen. Das ist meine Strafe dafür, dass ich mich mit Teufeln eingelassen habe. Mein Vater hatte recht: Heute ist meine Seele so verdorrt wie dieses Blatt.«

Sayid ballt seine Hand zur Faust und zerquetscht darin das spröde Blatt. Die Blattreste lässt er auf den Tisch rieseln.

»Ich verstehe Sie nicht«, sagt der Dolmetscher und schüttelt den Kopf. Doch Sayid hört ihm nicht zu.

»Wissen Sie«, fragt er, »was das Allerschlimmste für mich ist? Dass ich hier von Europäern Hilfe erbetteln muss.«

Der Dolmetscher beginnt mit den Händen zu fuchteln. »Hallo! Ich verstehe Sie nicht!«, wiederholt er.

»Europäer waren es, die unsere Küsten vergiftet haben. Keiner von ihnen ist dafür verurteilt worden. Europäer sind es auch, die unsere Küsten plündern, gemeinsam mit all den anderen reichen Nationen, die sich diese riesigen, schwimmenden Fischfabriken leisten können. Sie lassen sich beschützen von den Kriegsschiffen, auch deutschen, die am Bab al-Mandab stationiert sind und gegen uns Piraten kämpfen. Ja, sie nennen uns Piraten. Aber wir waren einst Fischer, denen Europa Krankheit und Hunger gebracht hat. Wer hat mit dem Unrecht angefangen? Wer sind die eigentlichen Piraten vor der somalischen Küste?«

Sayid betrachtet die beiden Männer vor sich. Europäer, denkt er. Keine Piraten, aber immerhin Leute, die zu Hause ihren Thunfisch essen und die es nicht interessiert, ob er vielleicht aus demselben Meer gestohlen wurde, in dem schon ihr Giftmüll versenkt worden ist.

»Und jetzt«, sagt Sayid und lässt sich auf seinen Stuhl fallen. »Jetzt sitze ich hier vor Ihnen. Ich muss Sie anlächeln und aufpassen, dass ich niemanden beschäme oder beleidige. Und ich muss genau überlegen, was ich erzähle und was nicht, weil es für Sie offensichtlich entscheidend ist, wodurch die Menschen sterben, die zu Ihnen kommen.«

Sayid lehnt sich zurück. Erschöpft lässt er den Kopf hängen und wartet ab, was nun geschieht.

»Ich habe kein Wort verstanden von dem, was Sie gesagt haben«, hört er die Stimme des Dolmetschers. »Sie scheinen wirklich schlimme Dinge erlebt zu haben, aber ich habe nichts davon verstanden.«

»Entschuldigen Sie«, sagt Sayid. »Ich hatte mich nicht unter Kontrolle.«

»Was war das für eine Sprache?«, fragt der Dolmetscher.

»Das war Oromo, die Sprache meiner Mutter.«

»Die Sprache Ihrer Mutter? Ist sie keine Somali?«

»Mein Vater ist Somali. Meine Mutter stammt aus Äthiopien. Sie ist damals nach Somalia geflohen. Als meine Eltern geheiratet haben, wurden beide aus ihren Clans verstoßen. Aber sie waren stark, und zwei Brüder meines Vaters haben zu ihnen gehalten. Meine Mutter sagt, seit dieser Zeit spricht mein Vater oft vom Bab al-Mandab.«

»Bab al-Mandab?«, fragt der Dolmetscher. »Ist das nicht diese Meerenge zwischen dem Roten Meer und dem Golf von Aden, an dem auch Somalia liegt? Was meint Ihr Vater damit?«

»Bab al-Mandab heißt ‚Tor der Tränen‘. Für ihn ist es ein Symbol für einen schweren Weg, den man gehen muss, um das bessere Leben dahinter zu erreichen. In Europa würde man es vielleicht einfach –

Herbst nennen.«

Der Dolmetscher sieht Sayid an. Dann redet er mit dem Entscheider.

»Sehen Sie«, sagt er schließlich. »Jetzt haben wir schon einiges über Ihre Familie erfahren. Nun können Sie uns sicher auch Ihre eigene Geschichte erzählen. Habe ich recht?«

Sayid schaut den Dolmetscher an, dann den Entscheider. Er versucht zu lächeln. Der Entscheider greift zu seinem Stift und beugt sich wieder über die Akte.

»Aber ich verstehe kein Oromo«, ergänzt der Dolmetscher noch. »Bitte bleiben Sie bei der somalischen Amtssprache.«

Eros *humanum* est

Sein Lächeln – ganz schön süß. Seine Augen blitzen sie an. Na ja, blitzen ist das falsche Wort. Sein Blick ist ja nicht aufdringlich, nur eben freundlich und sehr wach. Sie merkt, er mag Menschen. Er mag Frauen. Offensichtlich sogar Frauen wie sie.

Vorsicht, schießt es ihr durch den Kopf, jetzt mal ganz ruhig! Wo bleibt die Professionalität? Schließlich ist sie nicht zum Flirten hier. Außerdem ist er zu jung, bestimmt fünf Jahre jünger als sie – aber sein Lächeln ist trotzdem süß. Sie lächelt lieber mal zurück.

»Du machst das zum ersten Mal, stimmts?«

Sie erschreckt – und nickt – und ärgert sich, dass er das erkannt hat. Vermutlich sprüht ihm ihre Unsicherheit geradezu entgegen.

»Okay«, sagt er. »Was glaubst du denn, was dich erwartet?«

Sie spürt die Verlegenheit, die sich in ihr Lächeln schleicht. Wird sie etwa rot? Sie kann seinem Blick nicht standhalten und schaut zur Seite, auf die Bilder, die die Wände zieren, und die Frauen darauf, jede in einer anderen Pose, schön, sexy, nackt.

»Ach, lass dich von denen nicht irritieren«, sagt er. »Die habe ich irgendwann mal aufgehängt, weil ich dachte, sie würden die Frauen inspirieren, die zu mir kommen. Aber das war Blödsinn. Ich wollte sie immer schon abhängen. Stören sie dich?«

»Nein, nein«, lügt sie. »Ist schon gut. Ich staune nur. Die sind so ...«

»... unbekleidet?«, unterbricht er sie.

»Nein. Mehr so ...«

»... erotisch?«, hakt er nach.

»Nein, perfekt«, sagt sie. »Die haben alle eine perfekte Figur.«

»Oh«, sagt er. »Findest du?«

Verlegen zuckt sie mit den Schultern.

»Perfekter als du?«, fragt er forschend.

Sie antwortet nicht.

»Glaubst du, du müsstest dich schämen, dich hier auszuziehen?«

Wieder zuckt sie mit den Schultern. Warum fragt der nur so viel?

»Okay«, sagt er. »Du schämst dich also. Und trotzdem bist du hergekommen. Das finde ich spannend. Hilft es dir, wenn ich dir sage, dass du so ziemlich das schlankeste Mädchen bist, das je bei mir gewesen ist?«

Sie deutet ein Nicken an. Wenn er wüsste, wie sehr ihr das hilft – besonders das Wort ‚Mädchen‘, in ihrem Alter! Obwohl er natürlich gelogen hat. Sie und schlank! Der Typ hat wohl eine gestörte Fremdwahrnehmung. Genau wie Lena. Die sagt auch immer, sie soll nicht noch mehr abnehmen. Na, Lena hat ja auch gut Reden.

»Hör zu«, sagt er, und sie erkennt schon an seiner Stimme, was jetzt kommt. »Wir können das mit dem Ausziehen auch erst mal lassen.«

Oh nein, denkt sie. Jetzt wird es richtig kompliziert.

»Ich habe es nicht eilig«, behauptet er. Wieder gelogen. »Vielleicht sagst du mir einfach mal, was du dir für heute so vorgestellt hast.«

Fragen. Diese ganzen Fragen! Warum diese entsetzliche Fragerei? Ist sie hier beim Psychologen? Hat er sie etwa zum Reden herbestellt? »Los, komm her«, sollte er lieber sagen. »Zieh dich aus. Setz dich da hin. Zeig mal deine Brüste.« Das wäre okay für sie, danach könnte sie sich richten.

»Hast du irgendwelche Wünsche?«, schiebt er ihr den schwarzen Peter endgültig zu. Verzweifelt dreht sie sich um. Lena sitzt in der dunkelsten Ecke des Raumes und gibt vor, in einem Magazin zu lesen. Von ihr kann sie wohl keine Hilfe erwarten.

»Tja«, sagt sie und schaut sehnsüchtig wieder zu den nackten Frauen hinüber. »Irgendwas ... Erotisches halt.«

»Okay«, sagt er wieder. »So etwas hatte ich mir allerdings auch vorgestellt.«

Na Gott sei Dank, denkt sie. Dann könnte es ja eigentlich jetzt losgehen. Aufmunternd lächelt sie ihn wieder an.

»Möchtest du einen Kaffee?«, fragt er.

Hastig schüttelt sie den Kopf und verdreht die Augen – innerlich.

»Deine Freundin vielleicht?« Er schielt an ihr vorbei zu Lena hinüber. »Einen Kaffee?«

»Ich will das da machen«, bricht es aus ihr heraus, noch bevor Lena abwinken kann. Überrascht folgt er ihrem Fingerzeig auf das Foto von der jungen Frau, die mit dem Rücken an einer kahlen Mauer lehnt, die Hände hinter dem Po zwischen Haut und Steinen, den Blick seitlich nach unten gerichtet auf ihren rechten Fuß im signalroten High Heel, dessen Absatz sie in eine Fuge der Ziegel bohrt. »Mach das da einfach nochmal«, fleht sie. »Mit mir.«

»Okay«, sagt er. »Ja, nee«, windet er sich. »Diese Bilder speziell habe ich gar nicht selbst gemacht. Die ... ähm ... die habe ich aus dem Internet.«

»Oh«, staunt sie – und sie meint zu hören, wie Lena ein verächtliches Lachen unterdrückt.

»Ist mir egal«, sagt sie verzweifelt. »Können wir nur bitte einfach anfangen?«

Eine Mauer, in deren Ziegelfugen überlange Pfennigabsätze passen würden, gibt es hier leider nicht. Auch High Heels sind keine vor Ort. »Meine Frauen sind eigentlich immer völlig unbekleidet«, hat er gesagt, um seinen nicht vorhandenen Kleiderfundus zu entschuldigen. Also sitzt sie jetzt auf einem einfachen Stuhl, nackt, rücklings, die Stuhllehne zwischen ihren Beinen, die Arme oben aufgelegt. Ob sie ihren Kopf in den Nacken werfen oder nach vorne beugen wird, ob ihr Haar über ihren Rücken oder vorne über die Lehne fallen wird, ist ihr noch nicht klar. Auch er hat sich noch nicht geäußert dazu. Vermutlich weiß er es selbst noch nicht. Ihren Rücken will er fotografieren, hat er entschieden, etwas von der Seite gesehen und etwas von unten. Auch eine Brust soll zu sehen sein, ansatzweise, nicht zu viel.

»Erotisch ist ja gerade das, was man nicht sieht«, sagt er, schaltet das Licht aus und die großen Studio-Lichter ein.

»Ich versuche jetzt, möglichst weiches Licht zu schaffen«, erläutert er ihr, während er die Strahler um sie herum verschiebt und sie sich fragt, ob ihn ihre Gänsehaut stört. Zieht es hier, oder ist es die Aufregung, die sie frieren lässt?

»So«, sagt er und mustert seine Komposition, mal durch seine Kamera, mal mit seinen nackten Augen. »Das Licht fließt jetzt wunderschön über deinen Rücken.«

Das Licht fließt also, denkt sie. Es fließt über sie, aber ohne, dass sie es fließen fühlt. Könnte sie fühlen, wie weiches Licht über ihren nackten Rücken fließt, würde sie das sicherlich genießen. Erotisch fände sie das. Aber erotisch findet sie bereits die bloße Vorstellung, dass etwas über ihren nackten Rücken fließt. Statt unfühlbarem Licht, so kommt ihr der völlig unprofessionelle Gedanke, könnten es natürlich auch seine Finger sein, die über ihren Rücken fließen – oder seine Fingernägel, ganz leicht natürlich – oder seine ganze Handfläche – sein Atem

– seine Lippen. Und außer ihrem Rücken, denkt sie weiter, ist ja auch eine ihrer Brüste im Lichtfluss, ansatzweise, nicht zu viel.

»Ein Aktfoto ist dann gut«, reißt er sie aus ihrem Sehnen und schießt dabei das erste Foto, »wenn das Modell es beim Geburtstag der Großmutter am Kaffeetisch herumzeigt und die Anwesenden es gut finden.«

Wie bitte? Was ist das denn für ein Blödsinn? Sie will kein Foto, das die Oma gut findet. Nicht mal die Mutter. Nicht mal ihre beste Freundin Lena!

»Der Satz stammt nicht von mir«, gibt er zu. »Das hat Günter Rössler gesagt.«

Egal, wer das gesagt hat! Ein Aktfoto ist dann gut, wenn es erotisch ist, wenn es einen anmacht, wenn es Lust macht, Lust auf mehr, da kann er ihr erzählen, was er will. Die Erotik ist der einzige Grund, warum es überhaupt Aktfotos gibt und vor allem, warum sie betrachtet werden. Ihre Oma fände das gar nicht cool, sie selbst aber schon. „Eros humanum est", sagt sie immer. „Sex sells", würde Lena sagen, aber Lena hat ja an Allem was auszusetzen.

»Günter Rössler«, erläutert er, »war Pionier der DDR-Aktfotografie. Das war in den Sechzigern.«

Aha, denkt sie. Ob Günter Rössler wohl auch

so viel auf seine Models eingeredet hat – zur Unterhaltung vielleicht, damit sie sich mit ihm nicht
langweilten? Ob er auch dafür gesorgt hat, dass
beim Shooting bloß keine Erotik aufkam, dass es
ein rein technischer Vorgang blieb mit fließendem,
unfühlbar weichem Licht, ungezählten Worten, mit
Durchzug und einem Kaffee bei der Arbeit? Schon
oft hat sie gehört, dass erotische Fotografie ganz
unerotisch vonstattengehe. Geglaubt hat sie das nie
und noch weniger gehofft. Und jetzt geschieht genau das. Er ist halt Profi und betrachtet sie wie ein
– Ding, ein Werkstück, wie der Chirurg den Blind-
darm und der Metzger seine Würste. Und er ist ganz
ein Augenmensch. Berühren wird er sie wohl nie. Er
verschiebt seine Lampen, er stellt an ihnen herum,
er streichelt seine Kamera. Aber sie, die nackte Frau
auf seinem Stuhl – nicht einmal eine Strähne wird er
eigenhändig korrigieren. Niemals wird er auch nur
ihr Handgelenk berühren, es hin und her führen,
um die Beugung ihres Ellenbogens zu verändern,
oder ihre Schultern heben oder ihren Kopf drehen.
Sie schließt die Augen, während seine Kamera sich
an ihr abarbeitet. Ihr wird bewusst, wie sehr sie sich
wünscht, er würde sie berühren und so ein wenig
beitragen zu der Erotik, die er hier aufs Bild bannen

will. Erotik, die der Betrachter später empfinden wird beim Anblick ihres nackten Rückens in weichem Licht, die aber nie wirklich existiert hat, weil er eben ein Profi ist. Wie sehr sie sich keinen Profi wünscht!

Aber klar: Verhielte er sich nicht professionell, dann würde Lena sofort aufmucken. Ob die Models bei Günter Rössler wohl auch immer ihre Anstandsdamen mit dabei hatten? Sie schaut zu Lena hinüber. Warum hat sie sie nur mitgenommen? Lena hielt von Anfang an nichts von der Idee hierherzukommen. »Warum willst du dich da ausziehen?«, hat sie genörgelt. »Der animiert dich nur zu Posen, die Männer geil finden. Und wenn du Pech hast, fällt er anschließend über dich her.« Lena wollte unbedingt mitkommen, um sie zu beschützen. Sie verstünde gar nicht, wie eine Frau auch nur in Erwägung ziehen könne, allein zu einem Fotografen in ein Studio zu gehen. Jetzt sitzt sie da wie eine alte Schrulle, macht ein mieses Gesicht und verachtet alles, was hier geschieht und erst recht diesen geschwätzigen, aber nach wie vor megasüßen Fotografen. Eins ist jedenfalls klar: Solange Lena da rumsitzt, wird er wohl nie über sein Model herfallen.

»Ich mache übrigens auch Bodypainting«, behauptet er plötzlich. »Wenn du mal Interesse hast ...«

»Ich?«, fragt sie erstaunt.

»Ja klar. Ich könnte dich gut gebrauchen für ein ganz spezielles Projekt. Du wärest optimal.«

»Was für ein Projekt?«, fragt sie.

»Ich würde dich am ganzen Körper anmalen, überall, und zwar mit roter Farbe, glänzender, roter Farbe. Und an einigen Stellen würde ich dich dann zusätzlich mit Blattgold bedecken.«

»Ach«, sagt sie, etwas behindert durch einen fetten Frosch in ihrem Hals. »Und warum bin ich optimal?«

»Na, weil du so schlank bist. Bei deiner Figur brauche ich halt nicht so viel Farbe – und erst recht nicht so viel Gold. Die Idee ist im Übrigen nicht von mir. Ich habe so etwas mal auf einer Fotoausstellung gesehen. Das hatte sich ein etablierter Bodypainter so ausgedacht.«

Mit großen Augen starrt sie ihn an.

»Oh, keine Angst«, schiebt er schnell hinterher. »Ich male nur mit dem Airbrush, höchstens hier und da mal mit dem Pinsel, aber natürlich nicht mit den Fingern.«

Das, denkt sie, wollen wir doch erst mal sehen!

»Bin dabei«, sagt sie und erträgt gelassen Lenas strafenden Blick. Die bleibt jedenfalls zu Hause, denkt sie weiter. Und wenn dieser Typ dann wieder so viel quatscht, dann muss sie halt über ihn herfallen und ihn endlich zum Schweigen bringen.

Red Body, © Norbert Dähn, Witten

Immerwahr

Allergnädigste Frau Haber, hochverehrte Kollegin der Wissenschaft, meine liebste Clara.

Über ein halbes Jahrhundert ist nun schon vergangen, seit Ihr den Tod suchtet und ihn fandet in der Dienstwaffe Eures eigenen Ehemannes. Als sei das alles gestern erst geschehen, so erinnere ich mich noch heute an mein Entsetzen über Eure Entscheidung. Nein, nicht über die Entscheidung selbst, sondern eher darüber, dass Ihr den Mut fandet zu tun, was eigentlich mir zugestanden hätte.

Unsäglich ist, wozu ich mich als Wissenschaftler habe hinreißen lassen und was ich im Auftrage Eures Ehemannes getan habe für mein Vaterland. Mehr als tausend tote französische Soldaten wurden gefeiert am letzten Abend Eures Lebens, verehrte Clara, mehr als tausend qualvolle Tode im Nebel des Gases, das unseren Laboren, unserer Klugheit und unserem Wissensdurst entsprungen ist.

Bitte glaubt mir: Ich kann Eure Empörung verstehen und Eure Verachtung für Wissenschaftler wie uns. Verachtung auch für Euren eigenen Mann, meinen Chef. Ja, Fritz Haber, dieser Name blieb der Welt im Gedächtnis. Doch die Welt erinnert ihn als Nobelpreisträger. Kaum jemand kennt ihn als Vater des Gaskrieges.

Ihr aber, Clara Immerwahr – denn ich nenne Euch lieber bei Eurem einzigartigen Geburtsnamen – Ihr nanntet all das eine Perversion der Wissenschaft, und Ihr habt entschlossen und öffentlich und kämpferisch gemahnt, was Menschen zusteht und was nicht.

Auch mein Name ist der Welt heute bekannt, Otto Hahn. Auch mir verlieh man den Nobelpreis, aber ebenfalls nicht für den Gaskrieg, den ich an der Seite Eures Mannes geführt habe. Wofür dann, fragt Ihr Euch sicher, denn Ihr könnt es nicht wissen, zu lange schon seid Ihr nicht mehr am Leben.

Ich komme mir vor wie Goethes Zauberlehrling. Voller Eifer und Wissensdurst bescherte ich der Welt einen neuen Zauber, eine neue Magie: das Spalten der Atome von Menschenhand. Wie stolz war ich, als es gelang. Doch als dann die erste Bombe fiel, als aus ehemals ein paar Tausend Hunderttausende wurden auf einen Streich, da hätte ich sofort getan, was Ihr tatet, hätte ich nur eine Dienstwaffe gehabt.

Aber ich hatte keine. Und so lebe ich noch immer, beinahe ein ganzes Jahrhundert lang, fast doppelt so lang, wie Ihr bereits tot seid. Und täglich jage ich meiner eigenen Schöpfung hinterher wie Goethes altem Besen, sie wieder einzufangen, vergessen zu machen und unschädlich. Und dennoch haben die Nachfolger der ersten Bombe bereits die ganze Welt erobert und bedrohen die Menschheit auf eine Weise, die Ihr nie erahnen könntet.

Vielleicht hätte ich meinen Verstand gebrauchen sollen. Nur ein Trottel konnte die Zukunft nicht vorhersehen. Selbstverständlich würde man eine Bombe bauen aus meiner Entdeckung. Das war doch völlig klar! War es mir egal?

Wie gerne, verehrteste Clara Immerwahr, wie gerne wäre ich so klar gewesen wie Ihr es wart. Wie kommt es eigentlich, dass Ihr Euch nie habt blenden lassen? So wie ich es tat, getäuscht von all diesen pragmatischen Stimmen:

»Im Frieden der Menschheit, im Krieg dem Vaterland«
– Fritz Haber –

»Also los! Helf' was helfen mag! Der Krieg ist Notwehr und kennt kein Gebot.«
– General Berthold von Deimling, Kommandeur bei Ypern –

»Wenn Du nicht mitmachst, so würden es eben andere an Deiner Stelle machen.«
– Lise Meitner –

»Lasst mich in Ruhe mit euren Gewissensbissen, das ist doch so schöne Physik!«
– Enrico Fermi, 1945 auf Einwände von Kollegen gegen den Bau der Atombombe –

»Da wir die Atombombe erfunden haben, haben wir sie benutzt.« »Aber wir werfen die Bombe nicht auf Frauen und Kinder. Wir sind eine zivilisierte Nation.«
– Harry S. Truman, Präsident der USA 1945 –

Hochverehrte Kollegin, Ihr wart die erste deutsche Doktorin der Chemie. Aber vielleicht könnt Ihr Euch glücklich schätzen, dass Euch Euer Mann jede wissenschaftliche Arbeit versagte und Euch im Labor nie die Gewissensnot heimsuchte. Doch ich glaube eher, Ihr hättet standgehalten. Niemals hättet Ihr Gas in Flaschen gefüllt, und die Atome hättet Ihr in Frieden gelassen, sodass sie niemand in den Krieg schicken konnte. Warum? Weil Ihr klug wart, und weil die Zukunft für niemanden ein Geheimnis war.

All dies anzuerkennen ist mir ein Bedürfnis. Doch öffentlich mag ich es noch immer nicht tun, zu viel habe ich zu verlieren. Aber diesen Brief kann ich Euch schreiben, diesen Brief an eine tote Frau, die das tat, was eigentlich mir zugestanden hätte, mir, dem Geburtshelfer des Gaskrieges und Großvater der Atombombe.

Euer Euch stets bewundernder Zauberlehrling
Otto Hahn

Für *Clara Immerwahr*
   * *21. Juni 1870*
   † *02. Mai 1915*

Von Dosenerbsen und Pralinen

»Warum kaufst du die da?«

Diese Frage, die nur verstehen konnte, wer auch Elsas Fingerzeig dazu sah, war eigentlich leicht zu beantworten. Paul hatte jemanden kennengelernt, eine ganz besondere Frau. Es war jetzt schon sechs Tage her, da saß er ihr zum ersten Mal gegenüber, drüben im ‚fidèle‘, einem unscheinbaren Café am anderen Ende der Stadt. Sie plauderten und lachten. Doch ihre Unterhaltung löste sich bald von der Oberfläche der Belanglosigkeiten und geriet immer tiefer und tiefer. Er begriff jeden Satz, den sie sagte, und sie schien den Sinn hinter all seinem Stammeln zu erraten. Er fühlte sich so sehr zu Hause bei ihr, obwohl sie doch noch immer eine Fremde war für ihn – so wunderbar fremd. Zum Abschied berührten sie einander, hielten ihre Hände und küssten sich, sehr zärtlich, wie im Film, wie im Traum, dem Traum, den er schon lange träumte. So kitschig dies auch klingt – bei ihm schlug es ein wie eine Bombe.

»Paul, für wen sind die?«

Wieder eine Frage mit einer so simplen Antwort. Für wen konnten sie sein? Sie lagen in seinem Einkaufswagen, gleich neben der Flasche Champagner und den Pralinen, gemeinsam mit all dem Obst und Gemüse, das Elsa ihm aufgetragen hatte heute Morgen. Sie lagen offen im Wagen, sichtbar für jeden, und verrieten eigentlich alles. Elsa nahm die Pille, weder sie noch er war HIV-positiv, und er hatte auch keinen Freund, der etwa zu feige war, in einem Supermarkt Kondome zu kaufen und dem er hier nur einen Gefallen tat. Und doch lagen sie hier in seinem Einkaufswagen neben Champagner und Pralinen. Elsa musste eigentlich längst begriffen haben, auch ohne, dass er ihr antwortete.

»Ich rede mit dir, Paul.«

Meine Güte, Elsa, dachte er. Ich habe ein Date morgen früh, das zweite schon. Und bei Dates kam es schon mal zum Äußersten, auch wenn sie am Vormittag stattfanden und man heimlich einen Urlaubstag für sie opferte. Er legte es nicht darauf an, aber es konnte alles passieren, und er wusste: Er würde der Versuchung nicht mehr widerstehen können. Schon beim Date vor sechs Tagen hatte er diese grauenvolle Entkräftung gespürt, seinen Unwillen, noch länger zu kämpfen, sein Unvermögen, sich zu wehren und seine Deckung weiter oben zu halten. Und so war dieses harmlose Date explodiert in ihm. Es hatte ihn von innen her zerrissen und alles verwüstet, was sein bisheriges Leben ausmachte. Seine Integrität war nur noch ein Haufen Schutt, seine Zuverlässigkeit zerborsten. Er suchte, doch fand nicht mehr die zahlreichen Züge seines Charakters, die ihn würdig machten, dass man ihm vertraute. Konnte er sich selbst überhaupt noch vertrauen? Immerhin war er im Begriff, ein vierzehn Jahre altes Versprechen zu brechen. Das würde seinem Ehrgefühl den Rest geben, und nicht nur Elsa würde ihn verachten.

Wieso war sie ihm hier überhaupt über den Weg gelaufen?

»Was machst du eigentlich hier?«, fragte er. »*Ich sollte doch einkaufen.*«

»Hast du meine Nachricht nicht gelesen?«, erwiderte sie und starrte ihn an.

Nein, das hatte er nicht. Darin stand sicher, dass Elsa nun doch selbst einkaufen und ihn nicht mehr bemühen wollte – er hatte einen Hang dazu, die falschen Dinge zu besorgen. Diese wichtige Nachricht hatte er zwar erhalten, aber nicht gelesen, da er mit seinen Gedanken schon woanders war, am anderen Ende der Stadt, morgen früh im ‚fidèle‘, das nicht weit entfernt lag von Wohnung und Bett einer ganz besonderen Frau, die ihn so gut verstand.

»Das darf doch nicht wahr sein!«

Endlich hatte Elsa begriffen. Sie drehte sich um und verließ den Laden. Ihren halbvollen Einkaufswagen ließ sie stehen.

Paul verglich die Waren, die jeder von ihnen ausgesucht hatte. Gemüse und Obst fanden sich in beiden in fast identischer Menge. Elsa hatte andere Äpfel ausgesucht als er, wäre aber sicher auch mit seinen zufrieden gewesen. Zusätzlich hatte sie Erbsen in der Dose eingepackt, fettarmen Joghurt und ACE-Saft, außerdem Wolle zum Stricken und das neueste Buch von Randy Goldman. Unter dem Brokkoli lagen noch zwei Zahnbürsten versteckt. Gestern Abend noch hatte sie erwähnt, wie abgewetzt ihre beiden alten waren. In Pauls Wagen fanden sich Pralinen. Die machten zwar dick und schlechte Zähne, schienen ihm aber sinnlicher zu sein als Dosenerbsen. Den Saft und den Joghurt hatte Elsa sicher für ihre Frühstückspause im Büro vorgesehen, morgen, während Paul Champagner schlürfen wollte – an einem Vormittag! Elsa strickte gern und las viel, das wusste er schon lange. Neu war nur, dass er selbst für sein Glück Kondome brauchte – also vielleicht jedenfalls, wenn er es auch nicht darauf anlegte.

Paul dachte an den Kuss vor sechs Tagen, dann an den letzten mit Elsa, der jetzt vielleicht wirklich der letzte bleiben würde. Wie nur sollte sie mit ihm weiterleben nach diesem Treffen im Supermarkt? Wie sollte er selber weiterleben mit diesen Schmerzen, die ihm sein innerer Bombenkrater bereitete? Wie war es überhaupt so weit gekommen? Was hatte er nur falsch gemacht? Wann genau hatte er sich für diesen beschwerlichen Weg entschieden?

Er dachte an die vergangenen vierzehn Jahre, an die vielen guten Momente mit Elsa, an all die gemeinsamen Erinnerungen, die Vertrautheit, die stets mit ihnen unter der Bettdecke kuschelte. Dann dachte er an morgen, an seinen Vormittag und an Elsas, dann an übermorgen – ganz kurz nur, bevor ein Kunde an den Käse wollte, vor dem er stand.

Sein Blick fiel wieder auf die beiden Einkaufswagen vor ihm. Warum nur musste er jetzt einen von ihnen zurücklassen und den anderen zur Kasse schieben, um für den Inhalt teuer zu bezahlen?

Kartoffelchips

Der Morgen begann verheißungsvoll. Gerade trat ich vor das Mannschaftszelt, als die ersten Sonnenstrahlen zu mir herüberblinzelten. Rot waren die Hügel ringsherum, schon ohne das Morgenrot zwischen ihren flachen Gipfeln, rostrot und staubig, übersät mit nackten Steinen und hier und da bewachsen von kargen Grasbüscheln. Die Wüsten meiner Heimat sahen sehr ähnlich aus, und doch empfand ich große Hoffnung bei diesem Anblick. Ich freute mich auf den nun anbrechenden Tag, denn hinter dem Horizont wusste ich ein Paradies. Leben fand sich jenseits der Hügel, fremdartiges Leben zwar, aber es war intakte Natur mit unerforschten, weiten Wäldern.

Ich selbst hatte gestern eine Expedition angeführt. Bald schon hatten wir die ersten einzelnen Bäume entdeckt. Kerzengerade standen sie vor uns. Auf dünnen Stämmen balancierten sie Kronen aus absurd kreisrunden Blättern. Staunend standen wir alle in ihrem Schatten und berührten andächtig ihre Rinde. Niemand von uns hatte je zuvor einen richtigen Baum gesehen oder gar berührt. Einige, selbst die härtesten Burschen, mussten tatsächlich weinen. Diese Bäume bedeuteten für uns alle eine neue Chance auf Leben. Auch nur einen einzigen Baum zu finden war so unfassbar unwahrscheinlich wie etwa Kartoffelchips, die sprechen konnten. Und aller Unwahrscheinlichkeit zum Trotz erkannten wir kurz darauf von einem Hügel aus in der Ferne das, was wir alle uns unter einem Wald vorstellten: Bäume, viele Bäume, ein Meer aus Bäumen ohne erkennbares Ende und so unerhört saftig grün, dass die Aufregung groß war an Bord der ‚Columbus', als wir erste Bilder funkten. Schon der bloße Blick aus dieser Distanz hielt uns alle in seinem Bann, und so war das erklärte Ziel für den heutigen Tag, die lästige Wartezeit zu nutzen und diesen Wald aufzusuchen.

Doch zunächst ging ich zum Bachlauf hinüber. Wir lagerten in einem breiten Tal, durch das sich eine zarte Lebensader aus kristallklarem Wasser schlängelte. Ich hatte die überhebliche Vorstellung, mich dort zu waschen, solange die anderen noch schliefen, einfach so, in der freien Natur mit kaltem Wasser – das hatte ich mal in einem historischen Buch gelesen – mit Wasser, das ansonsten völlig ungenutzt und verschwenderisch an uns vorbeifloss. Kurzes Gras kitzelte zwischen meinen nackten Zehen, denn beide Ufer waren gesäumt von schmalen, grün bewachsenen Streifen. Schon dieses Gras war eine Sensation gewesen. Es war bereits in unseren Laboren untersucht worden und zeigte viele bekannte Eigenschaften. Es sah ganz danach aus, als hätten wir das große Los gezogen, denn es schien ausreichend kompatibel zu sein. Und so grasten seit gestern ein paar unserer Ziegen am Bach und schienen sich sichtlich wohlzufühlen.

Ich dagegen schrie beinahe auf, als ich ins eisige Wasser watete. So kalt hatte ich es mir nicht vorgestellt. Als meine Füße bis zu den Knöcheln nass waren, ärgerte ich mich über das, was Menschen in historische Bücher geschrieben hatten, und ich entschied mich, das warme Wasser im Sanitärzelt zu nutzen.

Doch dazu kam ich nicht mehr.

»Sie kommen!«, hörte ich die Stimme unseres Wachpostens von einem der Hügel. »Es sind Tausende! Millionen!«

Erschrocken drehte ich mich um. Noch konnte ich nicht sehen, was unser Mann von dort oben aus sehen konnte. Hastig stieg ich aus dem Wasser, rannte zum Zelt zurück und stürzte hinein. Alle Männer waren bereits wach und zwängten sich panisch in ihre Uniformen.

»Nur die Ruhe!«, rief ich ihnen zu. »Ordnung halten und raus. Die Waffen bleiben im Zelt!«

Doch ich selber zog mich nicht weniger panisch an als sie. Der herbeigesehnte Moment stand nun bevor, so viel war allen klar. Die tagelange Wartezeit war urplötzlich vorbei. Sie hatten sich endlich entschieden.

Zwar hatten wir das große Los gezogen, doch waren wir nicht die einzigen, die es beanspruchten. Die Wälder, die diese herrlich klare Luft erzeugten – ein Zufall sondergleichen. Pflanzen, die unseren Tieren schmeckten, Böden, auf denen auch unsere Pflanzen gedeihen würden – all dies überstieg unsere Hoffnungen bei Weitem. Die Wahrscheinlichkeit, im unendlichen, dunklen Nichts einen Ort wie diesen zu finden, war gleich null – und doch waren wir hier!

Wir hatten wieder eine Lebensgrundlage. Wir hatten wieder eine Perspektive.

Doch einige von uns stellten dieses Glück tatsächlich infrage, seit wir vor drei Tagen diesen Dingern begegnet waren. Die Hardliner in unserer Führung, die ethischen Hardliner, brachten alles in Gefahr. Sie kannten unsere Bilder, sie kannten unsere Berichte, sie wussten von den Laborergebnissen, der schier unglaublich passenden Luftzusammensetzung, dem Appetit unserer Ziegen und seit gestern auch von der Existenz der Wälder. Doch saßen diese Herrschaften oben im Mutterschiff und dümpelten in ihrer Umlaufbahn. Sie hatten die Bäume nicht berührt, sie nicht mit den eigenen Händen gefühlt. »Fremdes Leben muss respektiert werden«, mahnten sie und verboten jeden Gebrauch unserer Waffen. »Niemand handelt gegen den Willen der heimischen Bevölkerung!«, lautet der oberste Befehl. Also hatten wir nur palavert und Bitten geäußert, gebettelt geradezu, und uns so diese endlos scheinende Wartezeit eingehandelt. Der Captain jedenfalls hielt gar nichts davon. »Ein Verbrechen ist das«, sagte er ständig, »ein Verbrechen gegen die Menschheit.«

Als ich aus dem Zelt stürzte und mich durch die Reihe meiner Männer zwängte, sah ich sie. Tausende, nein tatsächlich Millionen Individuen der gelblich-dominanten Lebensform von NX712D kamen von den Hängen herab auf uns zu.

»Endlich«, maulte Captain Armstrong, als er neben mich trat. »Das wurde aber auch Zeit. Ich bin nicht neunzehn Jahre lang durchs All geirrt, um jetzt von entscheidungsschwachen Kartoffelscheiben tagelang hingehalten zu werden.«

‚Tagelang' war zwar formal richtig, doch dauerte ein NX712D-Tag gerade einmal fünfzehn Erdenstunden. Armstrong, der ein direkter Nachfahre des 1960er-Jahre-Neil-Armstrongs war und dies auch bei jeder Gelegenheit betonte, war der Leiter unserer Lande-Operation und grundsätzlich ungeduldig.

»Wenn sie nein sagen«, machte ich einen Witz, »dann essen wir sie einfach auf.«

Doch Armstrong lag es nicht, über Witze seiner Offiziere zu lachen.

»Sie sagen nicht nein«, behauptete er stattdessen. »Sie können uns nicht wieder wegschicken. Sie wissen, dass sie uns unterlegen sind.«

Das behauptete er, seit wir den ersten dieser flachen Zeitgenossen begegnet waren, und er wiederholte es wie ein Mantra, auch dann noch, als diese Dinger zum ersten Mal in unser militärisch verschlüsseltes Kommunikationssystem eingedrungen waren. Es war einzig ihre physische Erscheinung, die Armstrong von unserer Überlegenheit überzeugte. Auf den ersten Blick nämlich sahen sie tatsächlich aus wie Kartoffelchips. Sie waren auch ungefähr so groß wie Kartoffelchips und schwebten etwa einen Zentimeter über der Oberfläche ihres Planeten, also kurz unterhalb unserer Fußknöchel. Auch ihre Farbe war die von Kartoffelchips, schwarze Stellen allerdings suchte man an ihnen vergeblich. Sie wirkten auch nicht so spröde, als zerbrächen sie sofort, wenn man auf sie träte – obwohl dies niemand von uns bisher ausprobiert hatte.

»Wir haben eine Entscheidung getroffen.«

Diese Worte erschienen wie erwartet auf dem Tablet, das ich in der Hand hielt, und in dessen Funkverbindung sie sich offensichtlich wieder eingehackt hatten. Ich wusste, unsere Spezialisten in der Landungs-Sonde und im Mutterschiff arbeiteten jetzt fieberhaft daran, das Einfallstor zu finden.

»Es freut uns sehr, das zu hören, verehrte Bewohner von NX712D«, schleimte Armstrong ziellos über die Menge der Kartoffelchips hinweg. Wir wussten, sie konnten uns hören. Sie waren halt Chips mit Ohren. »Wir hoffen, ihr habt nach dieser langen Beratungszeit gute Nachrichten für uns.«

»Ihr habt uns berichtet«, las ich vor, »dass ihr die letzten Individuen eurer Art seid und dass ihr als Flüchtlinge neuen Lebensraum sucht.«

»Ja, so ist es«, bestätigte Armstrong.

»Und ihr sagtet, euer Heimatplanet sei unbewohnbar geworden.«

»Ja, das ist er, leider.«

»Wie ist es dazu gekommen?«

Erwartungsvoll schaute ich den Captain an. Ich selbst an seiner Stelle hätte um eine Antwort gerungen, doch ich wusste, er würde schnell eine finden.

»Das wissen wir nicht«, log er. »Uns blieb keine Zeit, die Ursachen zu erforschen. Die Bäume starben uns einfach weg. Innerhalb weniger Jahre gab es so gut wie keine lebenden Exemplare mehr. In der Folge veränderte sich unsere Atemluft. Trotz aller technologischer Gegenmaßnahmen wurde der Sauerstoff knapp. Wir hatten nur wenige Monate, ein Schiff klarzumachen, auf dem wir dauerhaft leben konnten.«

Ich hasste Armstrong. Neben seiner Ungeduld

zeichnete ihn die Unfähigkeit aus, Fehler zuzugeben, seien es seine eigenen oder die der gesamten Menschheit. Und ich hasste seine Fähigkeit, alles immer im günstigsten Licht darzustellen. Doch gleichzeitig bewunderte ich ihn dafür und auch für seinen Mut und seine Dreistigkeit, die gesamte verbliebene Menschheit mithilfe der Unwahrheit retten zu wollen. Dennoch fragte ich mich, ob schonungslose Ehrlichkeit hier vielleicht der bessere Weg gewesen wäre. Schließlich wussten wir nicht, was die Dinger bereits über uns wussten. Immerhin kannten sie unsere Sprache, und ihre Frage konnte auch eine Fangfrage sein.

»Vielleicht können wir euch dabei helfen«, las ich weiter vor, »die genauen Gründe herauszufinden. Doch das hat Zeit. Vorerst werden wir euch jedenfalls nicht wieder fortschicken.«

»Na also«, murmelte Armstrong leise.

»Euer Mutterschiff könnt ihr hier landen. Alle dreieinhalbtausend Passagiere dürfen sich auf unserem Planeten ansiedeln.«

Aus den Augenwinkeln sah ich den Captain grinsen. Hätten wir sowieso gemacht, dachte er ganz sicher – und ich hasste ihn wieder mehr, als ich ihn bewunderte.

»Wir haben allerdings zwei Bedingungen«, las ich.

Das Grinsen verschwand aus Armstrongs Gesicht.

»Erstens: Ihr müsst eine friedliche Gesinnung haben und Respekt vor allem Leben. Jeder, der das nicht erfüllt, wird ohne Warnung eliminiert.«

»Einverstanden«, entschied Armstrong schnell. »Das ist doch selbstverständlich.«

»Zweitens: Ihr müsst euer Mutterschiff umbenennen. ‚Columbus' ist ein ungeeigneter Name.«

Armstrong stutzte. Ich sah ihm an, dass er nicht verstand.

»Einverstanden«, sagte er zu meiner Überraschung und zuckte mit den Schultern. »Habt ihr einen besseren Vorschlag?«

Wenige NX712D-Stunden später landete die ‚Neubeginn' nicht weit von unserem kleinen Bachlauf entfernt. Manche Personen unserer Führungsriege waren schon immer gegen den ursprünglichen Namen des Schiffes gewesen, und so nahmen sie jetzt dankbar den Vorschlag der Kartoffelchips auf. Ich fragte mich allerdings, wie man einem Raumschiff nur einen so bescheuerten Namen geben konnte. Ich wusste, der Captain dachte ebenso, als wir nebeneinander auf einem Hügel standen und beobachteten, wie die ersten Zivilisten aus dem riesigen Schiffsbauch traten. Einige bückten sich und legten ihre Hände in den Staub oder ließen sie über Grashalme streichen, andere knieten sogar nieder und küssten den Boden. Ihre Rührung, ihre Behutsamkeit und andächtige Vorsicht konnten wir gut verstehen, denn wie sie hatten auch wir zehn Tage zuvor die Oberfläche dieses Planeten betreten. Armstrong hatte sich dabei sogar verkniffen – was ich ihm hoch anrechnete – die berühmten Worte seines Urahnen zu wiederholen. Auch hatte er nicht von mir verlangt, seinen ersten Fußabdruck im Staub abzulichten. Der Captain hatte Größe bewiesen und sich zusammengerissen. Doch jetzt, da wir nebeneinander unser aller Rettungsschiff vor einem herrlichen Abendrot betrachteten, glaubte ich zu spüren, wie es in ihm brodelte.

»Neuanfang«, murmelte er plötzlich. »Was für ein bescheuerter Name für ein Raumschiff.«

Ich nickte.

»Lassen wir uns jetzt etwa alles von diesen Kollegen vorschreiben?«

Er deutete auf einen Schwarm Kartoffelchips, der sich dem Schiff zur Begrüßung näherte. Dann grins-

te er, wie er immer grinste, wenn ihm etwas einigermaßen Lustiges einfiel.

»Wir hätten sie wirklich einfach aufessen sollen.«

Ich wusste, der Captain hasste es, wenn seine Offiziere nicht über seine Witze lachten. Also rang ich
mir ein zustimmendes Kichern ab, und ich tat dies
just in dem Moment, als Armstrong mit einem Knall
zerplatzte und als weißer Staub zu Boden rieselte.

»Wir hören alles«, hätte ich auf meinem Tablet
noch lesen können, wenn es nicht eine Sekunde
später auch mich getroffen hätte.

Liebe deine Schwäche

Der Tag, an dem die Bank mir meine Kredite strich, war auch der Tag, an dem meine Frau mich verließ. An ihrem Geburtstag hatte ich mir freigenommen, doch gegen Mittag erhielt ich eine Nachricht auf mein Smartphone. »Post von der Bank«, schrieb meine Sekretärin und »Wir sind pleite«. Diese Worte trafen mich wie ein Schlag, und im selben Moment lief meine Frau davon und ich verlor sie aus den Augen, weil die Felsen unter meinen Füßen explodierten und der Himmel auf mich herabstürzte.

Der Tag, an dem ich sie wiedersah, war ein Mittwoch, ein dunkler, kalter, verregneter Dezember-Mittwoch-Spätnachmittag. Ich schlug meine Zeit in der Innenstadt tot. Gerade hatte ich eine Stehpizza gegessen, die mir schwer im Magen lag, und ich drückte mich nah genug an den Geschäften entlang, um unter ihren Vordächern nicht allzu nass zu werden. Anstatt die Auslagen zu bewundern, betrachtete ich mein Spiegelbild in jedem einzelnen Schaufenster. Egal wie nobel die Waren auch waren, wie vorteilhaft sie sich präsentierten – ich selbst sah immer gleich aus. In die Jahre gekommen war ich und – zugegeben – etwas heruntergekommen. Ziemlich heruntergekommen. Die Folgen meiner Insolvenz sicherten meine Armut und Hartz IV meinen physischen Fortbestand. Mein Selbstvertrauen war untergetaucht, gemeinsam mit meiner Frau. Helen war verschwunden, einfach so. Seit Monaten hatte ich sie nicht mehr gesehen. Ich wusste nicht einmal, wo sie jetzt wohnte oder ob sie noch lebte. Doch gerade als mir zwischen den gesichtslosen Schaufensterpuppen meine eigene, gebeugte Haltung auffiel, da sah ich sie. Im Spiegelbild der Glasfront, vor der ich stand, huschte sie hinter mir über den Gehweg. Der Regen schien ihr nichts auszumachen, sie hatte einen Schirm dabei, einen roten oder grünen. Ihr Gesicht sah ich nur für den Bruchteil einer Sekunde, doch sie war es, ganz sicher, auch wenn die Frisur nicht stimmte. Dieser winzige Moment traf mich wie ein Schlag. Ich zuckte zusammen und mein Herz legte eine gefährliche Pause ein. Die Zeit blieb stehen beim Anblick der Frau, deren Anblick mir einst so vertraut gewesen war.

Ich blickte ihr nach und überlegte kurz, ihr hinter-
herzurufen – doch dann folgte ich ihr lieber. Heimlich. Ich war neugierig, wohin sie so eilig wollte, und
so war es mir egal, dass ich gemeinsam mit meiner
Brille nass und nasser wurde. Durch zahllose Was-
sertropfen hindurch sah ich nur verschwommen,
wie sie die Treppenstufen einer Kirche hinaufstieg,
gemeinsam mit einigen anderen Regenschirmträ-
gern. Aus den Kirchenfenstern schimmerte Licht
bis auf den glänzenden Gehweg. Ich fragte mich
nicht, warum sie in eine Kirche ging, denn das hatte
sie immer schon gerne getan. Nicht zu den Got-
tesdiensten, denn gläubig war sie nie gewesen. Sie
war einfach hineingegangen und irgendwann wieder herausgekommen. Und sie wusste einfach alles
über Kirchen, ganz so wie ein Eisenbahnfreund alles über Loks, Waggons und Stellwerke weiß. Es gab
wohl kaum eine Kirche in der Nähe, deren Details
sie nicht bis ins Kleinste parat hatte. Mehr über dieses merkwürdige Hobby wusste ich allerdings nie.
Immer, wenn sie mir davon erzählt hatte, war bei
mir eine Klappe gefallen. Und sie zu begleiten war
mir erst recht zu blöd gewesen. Doch jetzt musste
ich, denn ich wollte sie nicht noch einmal aus den
Augen verlieren.

So betrat ich diese Kirche keine zwanzig Sekunden nach ihr. Ich öffnete die Tür, die sich hinter ihr geschlossen hatte, und trat hinein. Die Tür fiel wieder ins Schloss – und genau dieser Moment tauchte mich in eine neue Welt. Der Straßenlärm verstummte augenblicklich und auch der Regen war nicht mehr zu hören. Still war es hier, so still, dass ich einen seltsamen Druck auf den Ohren spürte, nicht unangenehm, nur anders. Was ich in diesem Moment spürte, war die Zeit. Diese Mauern, der Steinfußboden, das Holz der Kirchenbänke, die dunklen, hohen Fenster – alles hier war offensichtlich sehr alt. Und ich, der ich mich gerade eben noch als in die Jahre gekommen betrachtet hatte, war um Größenordnungen jünger als all dies. Ich fühlte die Jahrhunderte um mich herum, ich spürte alle Zeit dieser Welt, und das Knacken meiner Wirbelsäule war das einzige, das ich hörte, als ich meinen Blick nach oben richtete. Ich schaute unter die hohe Kuppel, und sie blickte auf mich herab.

»Du bist ein Wurm«, sagte sie. »Ich bin schon nur ein Kirchengewölbe, ein kleines noch dazu, ein winziger Punkt im Universum, aber du – du bist noch kleiner, noch nicht einmal ein Wurm. Und du siehst echt scheiße aus!«

Ich wusste, sie hatte recht. Mit allem. Das mit dem Wurm wusste ich schon immer, aber ich hatte dagegen angekämpft, mein Leben lang.

»Es ist okay, Max«, tröstete mich dieser winzige Punkt im Universum. »Du bist klein und schwach. Das sind wir doch alle, selbst wir Kirchengewölbe. Warum das Gegenteil behaupten? Sei schwach, Max, wann immer du die Gelegenheit dazu hast. Sei schwach – und liebe deine Schwäche.«

Ich schloss meine Augen. Ich sah nicht mehr, ich spürte nur noch. Ich spürte nur noch meine Kleinheit und meine Schwäche. Meine Schwäche zu lieben war absurd, dachte ich. Akzeptieren konnte ich sie vielleicht, damit leben lernen. Aber sie zu lieben fand ich einfach nur lächerlich.

»Max?« Eine Stimme erklang direkt vor mir. Ich öffnete die Augen und sah meiner Frau ins Gesicht. »Max, willst du etwa an der Führung teilnehmen? Oder bist du wegen mir hier?«

Ich konnte nicht antworten.

»Dann musst du warten«, erriet sie die richtige Antwort. »Das hier wird etwa eine Stunde dauern. Bis dann alle gegangen sind, dauert es sicher nochmal dreißig Minuten. Aber wenn du willst, lade ich dich anschließend zum Essen ein.«

»Ist das ein Date?«, fragte ich an dem Kloß in meinem Hals vorbei.

»Nein«, antwortete sie und lächelte. »Ich treffe mich nur mit meinem Mann. Du siehst übrigens scheiße aus.«

Jetzt lächelte auch ich.

»Dann ist es aus Mitleid?«

»Nein«, wiederholte sie und lächelte nicht mehr. »Ich treffe mich nur mit meinem Mann.«

Sie hob ihre Hand und strich mit den Fingerspitzen über meine Bartstoppeln. Dann drehte sie sich um und klatschte in die Hände. Erst jetzt erkannte ich die etwa zwanzig anderen Menschen in der Kirche.

»So, meine Damen und Herren«, sagte sie mit lauter, fester Stimme, wie ich sie noch nie bei ihr gehört hatte. »Wenn Sie mir bitte folgen würden, dann beginne ich jetzt mit der Führung.«

Meine Frau – sie war nicht mehr, wie ich meine Frau gekannt hatte. Sie hatte sich verändert. Ihr Leben hatte sie auf den Kopf gestellt. Heute führte sie, und so viele Menschen folgten ihr. Sie war voller Kraft und Energie, wie es früher mein Part gewesen war. Mehr noch als das Kirchengewölbe ließ mich ihre Gegenwart fühlen, wie schwach ich geworden war. Doch als sie sich jetzt noch einmal zu mir umblickte, schien es mir, als liebte sie meine Schwäche.

Ins Licht, © Regine Gies, Sprockhövel

Die Nackten

Man erzählte sich, sie würden stinken. Vermutlich war das nur ein Gerücht. Die Leute machten dennoch einen großen Bogen um sie, wo immer sie auftauchten. Vielleicht war es die Angst vor Übernatürlichem, die nach Sicherheitsabstand rief. Niemand konnte schließlich wissen, ob sie nicht plötzlich aufspringen würden, um einen in eine fremde Dimension zu entführen. Andererseits hatte doch gerade der Reiz dieser naheliegenden Gefahr für den anfänglichen Hype gesorgt und nicht etwa für Zurückhaltung. Nein, sicher war es nur die Wut über ihre bloße Existenz, die ihre Gegenwart so unerträglich machte. Niemand wollte mit ihnen am selben Ort sein, niemand wollte sie auch nur sehen müssen und noch weniger riechen. Niemand wollte akzeptieren, gemeinsam mit ihnen auf der Welt zu sein.

Auch ich wollte sie nicht sehen, auf gar keinen Fall. Ich konnte mir nicht leisten, in eine fremde Dimension entführt zu werden oder mich auseinandersetzen zu müssen mit dem, für das sie standen. Ich hatte schon genug um die Ohren mit meiner Arbeit und dem Kleinen. David war jetzt drei und endlich ein Kindergartenkind. Das verschaffte mir etwas Luft, mich wieder um meine Karriere zu kümmern. Doch irgendwann am Nachmittag musste ich ihn abholen, und so saßen wir auch heute zusammen im Auto und quälten uns durch den Feierabend-Stau. Und an der Baustellenampel, die seit Wochen schon neben dem Friedensplatz stand und die autofahrende Bevölkerung schikanierte, da sah ich sie – besser gesagt nur ihn, Adam. Das musste er sein. Die Wahrscheinlichkeit ihn hier zu sehen war zwar gleich null, doch da war er, eindeutig. Er kniete auf dem Pflaster, nur ein paar Meter neben dem Betonklotz, in dem die dämliche Ampel steckte. Ich konnte erkennen, dass er Angst hatte. Doch als ich nach der nächsten Grünphase nur zwei Autolängen von ihm entfernt erneut halten musste, sah ich geradezu Panik in seinem Gesicht. Seinen nackten Rücken hatte er zum Friedensplatz gekehrt. Er wippte vor und zurück und starrte wie weggetreten auf die Blechlawine vor ihm.

»Adam?«, fragte David, der ihn längst entdeckt hatte. Leider war er heute nicht eingeschlafen auf seinem Sitz wie sonst gegen Ende der Woche.

»Ja«, sagte ich, »Das muss er sein.«

»Was macht er?«

»Ich weiß nicht«, antwortete ich und überlegte, ob er vielleicht betete. Doch zu wem würde so ein Adam wohl beten? Zum Gott der biblischen Schöpfungsgeschichte vielleicht? Na ja, wohl kaum. Schließlich war er nicht der berühmte Adam persönlich, der aus Eden. Man hatte ihn ja nur so genannt.

»Ist das Eva?«

Ich stutzte. Eva hatte ich noch nicht gesehen. Mein Blick folgte Davids Fingerzeig, und ich musste einen Moment lang suchen, bis ich sie entdeckte – nicht weit entfernt unter einem Baum, etwas versteckt hinter einer Sitzbank und einem Mülleimer, wie man sie auf städtischen Plätzen finden kann. Sie saß auf der Erde und lehnte mit dem Rücken am Baumstamm. Deutlich sah ich jetzt ihren dicken Bauch, auf den sie beide Hände presste und der sich unter ihren nackten Brüsten auf und ab senkte – schneller und heftiger, als es mir gut erschien. Eva atmete schwer, wurde mir klar, und sie hatte Schmerzen, starke Schmerzen.

Und was tat Adam? Er hatte sich von ihr abge-
wandt. Er saß nur da und stand ihr nicht bei. Er betete oder gab sich sonst irgendwie seiner Hilflosigkeit
hin und seiner Panik. Und genau diese Panik ergriff
jetzt auch mich, denn es sah ganz so aus, als würde
seine Eva nicht nur hier und heute, also irgendwo
in meiner Heimatstadt und irgendwann an diesem
trüben Freitag, sondern ausgerechnet keine dreißig
Meter von meinem Auto entfernt und genau jetzt ihr
Kind gebären.

Dass Eva schwanger war, das wusste jeder Mensch
auf dieser Erde. Seit Wochen schon waren ihre
glücklichen Umstände nicht mehr zu übersehen. Für
kurze Zeit war daher die Berichterstattung über die
beiden Nackten wieder aufgelebt. Selbst die großen
Medien hatten wieder Bilder und Berichte gebracht,
nachdem sie lange versucht hatten, die beiden Störenfriede totzuschweigen. Doch die Medienpräsenz
dieser Schwangerschaft brachte auch schnell wieder
die allgemeine Empörung hervor. »Die Neanderta-
ler vermehren sich«, konnte man in Beiträgen und
Kommentaren lesen, oder »Nicht noch mehr Zeitrei-
sende« oder gar »Die Nackten überschwemmen den
Planeten – Zwangsabtreibung jetzt«. Doch nach den

Pleiten der Vergangenheit wagte es keine Behörde mehr, Hand an die beiden Eltern zu legen. Niemand hatte mehr eine Idee, was man gegen diese fremdartigen Wesen noch unternehmen konnte. Keine Regierung wagte mehr neuartige Schritte. Und so blieb allen menschlichen Gesellschaften nichts anderes übrig, als zu schweigen, zu ignorieren und zu hoffen, dass das ungeborene Baby ein Einzelkind bleiben würde.

»Was macht sie?«, fragte David. In seiner Stimme konnte ich einen Hauch der Angst hören, die Adam ins Gesicht geschrieben stand.

»Vielleicht hat sie Bauchschmerzen«, versuchte ich eine kindgerechte Antwort und schaute wieder geradeaus, um der Ampel Druck zu machen, endlich grün zu werden. Ich hoffte inständig, David würde diese Verharmlosung akzeptieren und sich endlich seiner Müdigkeit hingeben. Jeder auf diesem Planeten wäre schließlich bereit gewesen, diese Verharmlosung zu akzeptieren. Niemand auf dem Friedensplatz beachtete Evas Schmerzen. Kein Smartphone rief einen Krankenwagen oder nach der Polizei. Es stieg auch niemand aus dem Auto, um Geburtshilfe zu leisten. Um jede andere Person hätte man sich gekümmert, widerwillig zwar, aber man hätte geholfen. Selbst für einen Hund hätte man Hilfe gerufen. Nicht aber für Eva. Wer hier helfen würde, der stellte sich gegen die gesamte Menschheit. Eva half man eben nicht. Im Gegenteil: Eva wollte man loswerden, um jeden Preis und natürlich mitsamt Mann und Kind. Und wenn sie hier bei der Geburt sterben würde – umso besser.

»Kannst du helfen?«

Ich starrte weiter geradeaus und ärgerte mich zum ersten Mal darüber, Arzt geworden zu sein und dass schon Kindergartenkinder die Berufe ihrer Papas kannten. David sah mich an, das konnte ich spüren. Der Schweiß trat mir auf die Stirn. Meine Hände umklammerten das Lenkrad, als führe ich eine Rallye. Gerade fragte ich mich, welche Sadisten für die Programmierung von Baustellenampeln zuständig waren, da löste David endlich seinen Blick von mir. Ich stellte mir vor, wie sich Enttäuschung auf seinem Gesicht breitmachte, Enttäuschung über seinen Vater und Unverständnis und Hilflosigkeit. Adams Hilflosigkeit. Er blickte wieder zu Eva hinüber – und mit einem Mal überkam mich das Gefühl, vorerst nur eine Ahnung, dass er sie mit völlig anderen Augen sah als ich, mit Augen, in denen sich vermutlich gerade Kindertränen sammelten.

Nie hatte ich mich gefragt, wie Kinder wohl über Adam und Eva dachten. Natürlich kannten selbst die Allerkleinsten schon all das, was Erwachsene über sie sprachen. Sie kannten auch alle Bilder und Videos im Internet – mit Ausnahme vielleicht der unzähligen und besonders oft angeklickten Szenen, die Adam und Eva beim Sex zeigten, den sie hemmungslos und ungeachtet der gaffenden Menschen um sie herum vollzogen, ohne jede Scheu oder Scham und zu jeder Tages- und Nachtzeit, nicht etwa ständig, aber eben dann und wann. Die Kinder jedenfalls hatten auch eine Meinung über diese beiden und über den kleinen, ebenfalls nackten Menschen in Evas Bauch, und sie sahen in ihnen womöglich gar keine Störenfriede. Vielleicht kümmerte es sie gar nicht, wie alle drei uns Menschen schonungslos unser eigenes Menschsein vor Augen führten. Und vermutlich waren sie gar nicht erstaunt darüber, dass sie heute hier waren und morgen schon irgendwo auf der anderen Hälfte der Erdkugel.

Meinen Blick hielt ich auf die standhafte Ampel gerichtet und erinnerte mich an den ersten Bericht,
den ein Nachrichtenmagazin über ein Paar brachte,
das sporadisch und splitternackt in großen Städten
herumlungerte. Mit Bildern bewiesen die Autoren,
dass es stets dieselben beiden Personen waren, die
mal in New York, mal in Sydney, Berlin oder Bang-
kok verhaftet und abgeführt wurden, wie Nudisten
eben fast überall auf der Welt verhaftet und abgeführt werden. Der Bericht fand nicht viel Aufmerksamkeit. Erst als die ersten Behörden zugaben, dass
ihnen die Verhafteten irgendwie abhandengekommen waren, dass sich niemand erklären konnte, wie
sie aus dem Polizeigewahrsam entkommen konnten,
um fast zeitgleich in einer anderen Stadt in einem
anderen Land wieder völlig nackt an einer Straßen-
kreuzung zu stehen, erst als die Meldungen über ihr
weltweites Auftauchen und Verschwinden immer
lückenloser wurden, bekamen sie die Aufmerksamkeit einer Sensation. Von einem öffentlichen Ärger-
nis wandelten sie sich zu weltweiten Popstars. Auch
weiterhin wurden sie natürlich verhaftet und abgeführt, verschwanden aber auch immer wieder auf
ungeklärte Weise aus der Haft. Die Überwachungs-
maßnahmen wurden verschärft. Bald schon wurden

sie von mehreren Personen gleichzeitig und ohne Pause beobachtet oder von Überwachungskameras gefilmt. Doch immer verschwanden sie unvermittelt aus der Welt, beide gleichzeitig und vor den Augen ihrer Bewacher. Einfach so. Ohne Knall, ohne Rauch und Tamtam, von einem Moment oder Videobild zum nächsten. In manchen Ländern wurden sie sogar in Verliesen angekettet oder in Käfige gesperrt oder beides. Hier und da wurden sie auch gefoltert, wie illegal veröffentlichte Bilder bewiesen, und es gab sogar Berichte über ihre Ermordung. Nichts von alledem konnte sie jedoch daran hindern, nach kurzer Zeit und sehr lebendig den Ort ihrer Existenz zu wechseln wie andere Leute ihr Hemd.

Wo auch immer sie auftauchten, wurden sie begafft. Jeder wollte sie sehen, wenn er das Glück hatte, die Zeitreisenden, wie sie inzwischen völlig unzutreffend genannt wurden, in der eigenen Stadt zu wissen. Jeder wollte ein Bild machen oder ein Video, um es mit der Welt zu teilen. Den Mut sie anzusprechen aber hatte kaum jemand. Die wenigen, die sich das trauten, wurden enttäuscht, denn die Nackten, wie sie bald deutlich zutreffender genannt wurden, kannten offensichtlich keine der angewandten

Sprachen. Sie sprachen auch untereinander nicht, wenn man von verschiedenen Lauten einmal absah. Doch bedeutete das nicht, dass sie nicht kommunizierten. Man konnte viele Gesten beobachten, wenn man sich die Zeit dazu nahm, ein Lächeln vielleicht oder eine hilfreiche Handreichung, ein Zähnezeigen oder Zungerausstrecken. Sie tauschten viele Blicke, oft sehr intensiv, manchmal verliebt, lustig oder tröstend und manchmal auch wütend. Außerdem berührten sie sich oft, sehr oft sogar, als müssten sie sich stets vergewissern, nicht allein auf der Welt zu sein. Sie stießen einander an, wuselten sich gegenseitig durchs Haar, schmusten oder streichelten sich, mal zärtlich, mal leidenschaftlich, und gelegentlich knufften, kratzten oder schlugen sie sich auch.

Den zivilisierten Menschen war all das fremd. Natürlich nicht völlig fremd. Auch ich berührte meine Frau und warf ihr noch immer verliebte Blicke zu. Aber letztlich war es doch die Sprache, die uns Menschen miteinander verband, und es war das Denken, das uns beschäftigte. Denken und Sprechen dominierten die gesamte moderne Welt, während allzu Körperliches zunehmend unnütz wurde. Füße und Beine brauchte man nur noch für den

Weg vom Tisch zur Garage. Ansonsten waren sie eher hinderlich und mussten mühsam fit gehalten werden. Auch die Arme und die über Jahrtausende optimierten Hände sollten bald überflüssig sein; um das Lichteinschalten, das Staubsaugen oder den Wocheneinkauf jedenfalls kümmerte sich längst das Internet der Dinge, und die Autos der Reichen fuhren bereits selbstständig. Sogar der Touchscreen, der einzige Gegenstand, den manch eine Fingerkuppe noch berührte, wurde durch Spracherkennung ersetzt. Denken und Sprechen – darauf reduzierte sich der Mensch freiwillig. Mehr brauchte er nicht zum Leben, und alles Sinnliche wurde digitalisiert. Gesten wurden zu Likes, Lächeln zu Emojis, Blicke zu Selfies und Berührungen zu Klicks. Abenteuer fanden nur noch in der virtuellen Realität statt, was den Vorteil hatte, dass man seine Unversehrtheit nicht aufs Spiel setzte. Das menschliche Erleben beschränkte sich bald auf ganz bestimmte Bereiche der Großhirnrinde, und fast jedes physische Handeln, beinahe jeder Zugriff auf die Mitwelt, die ja noch immer der Garant für das eigene Leben war, geschah mit technologischer Hilfe. Vielleicht war dies der Grund dafür, warum Adam und Eva alle Menschen um sie herum nie als Ihresgleichen erkannt hatten.

Umgekehrt war es allerdings genauso. Die Menschen aller Nationen schauten auf sie herab wie auf Primaten, bestenfalls, und sie empörten sich darüber, ihrer nicht Herr zu werden. Warum konnten diese einfältigen Kreaturen durch die Dimensionen reisen, ohne je etwas von Dimensionen gehört zu haben? Wie war es ihnen möglich, sich der Macht der gesamten zivilisierten Gesellschaft zu entziehen? Warum erkannten sie nicht, dass sie unerwünscht waren, dass man sie hasste, weil sie all das zur Schau stellten, was man am Menschsein hasste? Sie waren einfach viel zu – nackt! Nicht dass Nacktheit verpönt war, aber Nacktheit hatte immer diese eine wesentliche und unmissverständliche Bedingung: Wer nackt sein wollte, musste es sich auch leisten können. Westliche Topmodels waren weltweit gern gesehen, je unbekleideter, desto lieber. Doch das, was Adam und Eva verkörperten, wollte wirklich niemand vor Augen haben. Eva war sehr klein und ihr Körper gedrungen. Sie hatte X-Beine und trug eine schiefe Nase im Gesicht. Auch ihre Zähne waren schief und ihr verfilztes Haar hing wild und fettig um ihren Kopf herum. Auch Adam war kein Hingucker. Die starke Schulterbehaarung und der abgebrochene Schneidezahn lenkten nur ansatzweise davon ab, dass ihm nicht nur der kleine rechte Zeh fehlte, sondern auch einige Fingernägel. Er war nicht viel größer als Eva, dabei geradezu hager und schmächtig, und er hatte dennoch einen kleinen Bauch. Beide hatten unzählige Narben am Körper, und ihre sonnengegerbte und faltige Haut wirkte wie Leder. Ihr Anblick wurde als Zumutung empfunden, als Belästigung, als Beleidigung geradezu. So viel Menschsein war absolut unerwünscht.

»Papa«, hörte ich die Stimme meines Sohnes wieder wie aus weiter Ferne. David hasste die Nackten offensichtlich nicht, ging es mir durch den Kopf. Er war ein Kind. Er wusste noch nichts von Empörung, von Dimensionen, von Macht oder Schönheitsidealen. David war – ursprünglich. Denken und Sprechen waren bei ihm erst noch im Entstehen. Dieser junge Mensch war nur sein Körper und seine Sinne, noch immer fast so wie damals, als er noch ein Baby war und das Sehen lernte und das Hören und stundenlang am Finger lutschte oder mit seinen eigenen Füßen spielte. Nur Körper und Sinne, damit war er Adam und Eva gleich. Adam musste nicht zu ihm reden, er brauchte keine Sprache, um ihm seine Angst mitzuteilen und seine Hilflosigkeit oder die

Erkenntnis, dass Eva dringend Hilfe brauchte – ob nun von einem Gott oder einem Papa, der Arzt war.

»Papa«, hörte ich ihn wieder. Aus den Augenwinkeln sah ich, dass auch er jetzt nervös vor und zurück wippte. »Kannst du helfen?«

In diesem Moment hupte ein Auto hinter mir. Die Ampel war längst grün geworden und die Fahrzeuge vor mir hatten ihre Passagiere schon in Sicherheit gebracht. Nur ich stand noch da und blockierte den Verkehr, weil ich mich fragte, warum David die Nackten nicht hasste. Ich blickte zu Adam hinüber. Auch er war aufgeschreckt durch das Hupen. Wie aus einer fernen Welt zurückgekehrt drehte er sich zu Eva um. Dann sprang er auf, rannte zu ihr und kniete sich neben sie. Damit versperrte er mir die Sicht.

Wieder hupte es hinter mir. Ich umklammerte noch immer das Lenkrad und starrte auf meine weißen Fingerknöchel.

»Papa«, hörte ich das Kind neben mir. Kinder hassten die Nackten nicht, das hatte ich endlich begriffen. Doch wer, fragte ich mich dann, wer von den Erwachsenen wollte schon werden wie die Kinder?

Die Helden von Mittelendarsien

Die Große Weide senkte ihre Äste, als Xihuziztus ihren Stamm mit seiner winzigen Menschenhand berührte. Tiefste Anerkennung und Zuneigung durchfluteten ihr Geäst, und wäre ein weiteres, denkendes Wesen in der Nähe gewesen – es hätte sich gewundert über die Ehrerbietung, die dieser uralte und stolze Baum einem Zweibeiner entgegenbrachte. Xihuziztus war nur ein junger Mann. Und dennoch verneigte sich hier das älteste Wesen Mittelendarsiens vor ihm wie vor einem großen Helden. Nicht einmal dem berühmten Ritter Rangborn war diese Ehre zuteil geworden, doch hatte dieser auch nie eine solche Tat vollbracht, wie Xihuziztus es vermocht hatte. Die Nachricht, dass es einem Jüngling gelungen war, die Welt vor ihrem Untergang zu bewahren, hatte sich verbreitet wie ein Lauffeuer, und auch die Große Weide hatte ihre Zuträger.

Xihuziztus kniete vor ihr nieder, doch nicht etwa aus Ehrfurcht. Es war seine Erschöpfung, die ihn auf allen Vieren im Schatten ihrer Krone kauern und schwer atmen ließ. Er bemerkte gar nicht die Hochachtung, die sie ihm zugestand, er hatte einfach kein Empfinden für die Seelen der Bäume. Unter Stöhnen lehnte er sich mit dem Rücken an ihren Stamm und streckte die Beine von sich. Aus einem von ihnen quoll sein Blut und tränkte die trockene Erde.

»Ich werde meinen Weg kaum schaffen«, sagte er zu sich selbst. Er biss die Zähne zusammen, entfernte den durchweichten Verband und betrachtete seine Verletzung. »Frau Anke wird sehr böse auf mich sein, wenn ich ihr nicht bald Bericht erstatte.«

Er griff nach einem der tief hängenden Äste der Weide, einem jungen, frischen Trieb, und schnitt ihn mit seinem Messer vom Baum. Dieser verzieh es ihm, gab er doch gerne einen kleinen Teil von sich selbst für einen so bedeutsamen Menschen. Xihuziztus wand den dünnen Zweig um sein Bein und knotete ihn so fest zusammen, wie er nur konnte und es seine Schmerzen zuließen. Das hemmte zwar den Blutfluss, doch der junge Mann ließ sich davon nicht täuschen.

»Mir bleibt nicht mehr viel Zeit«, ermahnte er sich und band ein frisches Stück Tuch um die klaffende Wunde. »Ich muss weiter.«

Mit einer übermenschlichen Anstrengung erhob er sich wieder, um seinen Weg fortzusetzen. Dass es die Weide war, die ihm mit uraltem Zauber die Kraft dazu verlieh, das wusste er nicht. Zu wenig hatte er bisher gesehen von der Welt und zu wenig Weisheit wohnte in ihm. Äußerlich war er zwar ein Mann, sein Geist aber war noch immer der eines Kindes. Er war stolz auf seine Tat, doch war er gar nicht in der Lage zu ermessen, was die Welt ihm wirklich verdankte. Ja, er war überglücklich, seine Aufgabe erfüllt zu haben, doch fühlte er nicht im Geringsten die wahre Größe und Wichtigkeit seiner Berufung. Er war einfach ausgezogen, sie zu erfüllen. Es war ein Spiel, ein Abenteuer, doch hatte ihm niemals vor Augen gestanden, dass Mittelendarsien zu keiner Zeit einer größeren Gefahr gegenübergestanden hatte.

Der Schnelle Aeroborac – er war aus dem Nichts geboren. Eines Tages flog er zum ersten Mal über eines der Dörfer und verwüstete es, nicht etwa mit einem einzigen Flügelschlag, aber doch, bevor auch nur ein Mann zu den Waffen greifen konnte. Zerstörung schien sein einziges Ziel zu sein, denn in der Folge suchte er fast alle Dörfer des Landes heim, und auch viele Städte lagen bald in Schutt und Asche. Er war nicht sehr groß, doch viel zu schnell in den Lüften unterwegs, um ihm beizukommen. Er kannte keine Gnade und verschonte weder die Frauen noch die Kinder. Das Böse aller bisherigen Zeitalter schien sich in ihm vereint zu haben, und es war auferstanden, um endgültig alles Leben in Mittelendarsien zu vernichten.

Ganze Heere waren aufgeboten worden, um dem Schnellen Aeroborac entgegenzutreten. Menschen, Elben und Zwerge kämpften Seite an Seite um das Überleben ihrer Stämme. Drei große Schlachten wurden geschlagen, doch niemals traf auch nur ein Pfeil, keine Axt spaltete je den Schädel des Ungeheuers und kein Schwert durchbohrte jemals sein böses Herz – viel zu schnell jagte das Untier zwischen Himmel und Erde hinweg. Wie ein Blitz durch einen Baum, so pflügte es durch die Reihen seiner Gegner. Die tapferen Helden wurden hinweggefegt, und auch der edle und berühmte Ritter Rangborn lebte keine drei Herzschläge mehr, nachdem er der Bestie stolz und aufrecht entgegengetreten war.

Xihuziztus' Bein schmerzte und die Wunde wollte nicht aufhören zu bluten. Die Große Weide stand nicht weit entfernt von seinem Ziel, doch musste er jeden Schritt von sich erzwingen. Er hatte Mühe, seine Füße zu setzen, ohne sein Gleichgewicht zu verlieren. So kam es ihm wie ein Menschenleben vor, bis er das große Hoftor erreichte, dessen Anblick er sich so lange ersehnt hatte. Kurz stützte er sich am Torbogen ab, dann schleppte er sich den Kiesweg entlang und erreichte den Hauseingang. Die prächtige Flügeltür stand offen. So gelangte er nach einem langen Marsch endlich in die Eingangshalle der Villa.

»Großer Geist von Mittelendarsien«, staunte er. Seine Aufmerksamkeit wurde gefesselt von dem ausladenden Kronleuchter hoch über seinem Kopf. Das Licht der Kerzen brach sich in einem Heer geschliffener Kristalle, erleuchtete die Gemälde unter dem Deckengewölbe, glitt die verschnörkelten Säulen und Wände hinab und ließ dabei den Marmor in verschiedensten Tönen schillern. Den steinernen Statuen, die den Raum umzingelten, gab es eine unwirkliche und mystische Aura. Abermillionen Mosaiksteine, die unter dem Leuchter das Wappen der Familie Müller bildeten und auf die jetzt sein Blut tropfte, tauchte es in herrschaftlichen Glanz.

»Wie hat sie nur all diesen Reichtum erworben?«, fragte er sich. Zwar war er nicht zum ersten Male hier, aber damals hatte er keinen Blick gehabt für die Anmut dieser Halle, sondern nur für die Aufgabe, die vor ihm gelegen hatte. Jetzt aber fiel er erschöpft auf die Knie und ließ seinen Blick schweifen. In Gedanken stieg er Stufe für Stufe die breite Steintreppe hinauf, die zur Galerie führte. Oben angekommen erschrak er. Eine gebieterische Gestalt erwartete ihn dort. Es war Frau Anke, die Hausherrin, die dort oben am Treppenabsatz stand.

»Na endlich«, fuhr sie ihn an. Mit einer kaum erkennbaren Geste befahl sie ihm, sich in ihr Arbeitsgemach zu begeben. »Bin gleich bei dir.«

Xihuziztus gehorchte. Noch einmal richtete er sich auf und schwankte in den prächtig ausgestatteten Raum, der direkt an die große Eingangshalle grenzte. Von hier aus hatte seine Herrin ihn einst in sein Abenteuer entlassen. Seit fast zwei Monden war dies nun schon die Vergangenheit, und beim Anblick seines blutroten Verbands fragte er sich, wie viel Zukunft er noch erleben würde.

»Und sau nicht alles ein!«, hörte er seine Herrin von der Galerie aus rufen, gerade als er sich auf einen Stuhl fallen ließ, direkt neben dem großen, ehernen Studiertisch. Hätte er gekonnt, wäre er sofort wieder aufgesprungen, denn er ahnte, wie sehr Frau Anke ihre kostbaren Möbel liebte. Doch gerade in diesem Moment verließen ihn die Kräfte. Hilflos sackte er in sich zusammen und versuchte noch, sich an der Tischplatte festzuhalten, als er zu Boden fiel.

—

»Wach endlich auf! Du musst mir noch alles erzählen, bevor du stirbst.«

Xihuziztus lag am Boden auf kaltem Stein. Sein Kopf schmerzte so sehr, dass er die Wunde am Bein gar nicht mehr spürte. Er öffnete die Augen und sah seine Herrin über sich an ihrem großen Tisch sitzen. Sie schaute nicht ihn an, sondern etwas, das auf dem Tisch stand und auf dem sie ungeduldig mit ihren langen Fingernägeln herumtippelte.

»Hast du den Schnellen Aeroborac gefunden?«

»Ja, Herrin«, antwortete er und musste husten.

»Na los, erzähl schon. Lass dir nicht alles aus der Nase ziehen.«

Xihuziztus schloss wieder die Augen und durchforschte seine Erinnerungen.

»Ich ging ...«, begann er, musste sich aber sofort

korrigieren, »... nein, ich schwamm durch den großen Strom, an genau der Stelle, an der Euer treuer Ritter Rangborn dem Schnellen Aeroborac zum Opfer gefallen war. Ich wandte mich dann nach Norden, dem Grauen Gebirge zu. Ich fand einen Pass hinüber und stieg auf der anderen Seite hinab ...«

»Halt, halt!«, unterbrach Frau Anke seinen Bericht und sich selbst beim Tippeln mit den Fingernägeln. »Du hast doch nicht einfach den Pass gefunden.«

Xihuziztus erschrak und suchte nach seinem Fehler, aber er fand ihn nicht.

»Doch«, bekräftigte er. »Ich fand ihn sofort, denn ein großes Wegeschild wies mir die Richtung.«

»Nein, nein, du hast dich doch erst mal verlaufen. Du hast dich doch bestimmt im Wald verirrt, im – warte mal – im Großen Düsterwald, ach nein, den gibt es schon – im Düsteren Dunkelwald. Wie bist du da rein und wieder raus gekommen?«

»Ich war in einem Wald, ja, aber es war ein sehr lichter Wald mit einem breiten Weg hindurch, den ich nie verlassen ...«

»Ach, vergiss es!«, stöhnte Frau Anke und fingernageltippelte wieder eifriger. »Da denke ich mir später selber was zu aus. Also, du bist da rüber, und dann? Bist du auf Orks gestoßen?«

»Nein, ich ...«

»Elben?«

»Ich ...«

»Feen? Faune? Harpyien? Irgendwen musst du doch getroffen haben.«

»Ja, ich traf auf einen alten Bauern, der mit seinem Karren im Graben festsaß. Ich half ihm dort heraus. Ihr wisst, Herrin, dass ich jung bin und kräftig. Zum Dank schenkte mir der gute Mann zwei Äpfel.«

»Äpfel? Zauberäpfel meinst du.«

»Nein, gewöhnliche Äpfel. Ich habe sie sofort gegessen, weil ich so hungrig war.«

»Gegessen? Du Idiot! Du hättest sie verwahren müssen, um im richtigen Moment ihre Magie freizusetzen. Warte mal ...«

Xihuziztus richtete sich auf. Er sah, wie seine Herrin über den Tisch gebeugt auf eine leuchtende Fläche starrte und tippelte und tippelte. Zwischendurch hörte er sie Worte murmeln wie »Zwergenmagie« oder »drachentötende Äpfel« oder »gezüchtet im achten Zeitalter von ... ach, einen Namen generiere ich mir später«. Dann wandte sie sich wieder an ihn: »Also weiter. Wann bist du auf den Schnellen Aeroborac gestoßen?«

»Am Abend des achtzehnten Tages, als ich mir gerade ein Mahl bereiten wollte, hörte ich sein Kreischen über mir in den Lüften. Ich blickte empor und sah ihn ganz in meiner Nähe landen. Er hatte mich nicht gesehen, und ich war nicht so dumm, ihn auf mich aufmerksam zu machen. So schlich ich mich an und fand ihn in seinem Nest kauernd am Fuße eines Baumes auf einer kleinen Insel in einem kleinen Fluss. Noch immer hatte er mich nicht bemerkt, und ich überlegte lange, was ich nun tun sollte.«

»Du hast dein Horn geblasen und dich ihm gestellt. Dann kam es zum Kampf auf Leben und Tod.«

»Nein, nicht ganz. Ich hatte so große Angst und wollte nicht, dass er mich bemerkt. Verzeiht, Herrin, aber ich fand nicht den Mut, ihn offen herauszufordern. Ich wurde mir seiner Übermacht bewusst, aber auch meines Glückes, ihn durch Zufall in einem Hinterhalt erwischt zu haben. Ich machte kein Geräusch, und so kam ich ihm heimlich sehr nahe und ... und ...« – er war sich nicht sicher, ob er die Wahrheit sagen sollte – »... und erlegte ihn.«

»Nach einem erbitterten Kampf«, legte Frau Anke ihm nahe.

»Nein. Ich bin ein guter Schütze und so erlegte ich ihn mit einem einzigen Schuss aus vielen Ellen Abstand.«

Wie stolz war Xihuziztus auf diesen Schuss gewesen. Über viele Wochen auf seinem beschwerlichen Rückweg hatte er immer wieder vom eleganten Flug seines Pfeiles geträumt, der den Schnellen Aeroborac mitten ins Herz getroffen hatte. Doch jetzt wurde er traurig, als ihm aufging, dass seine Herrin diese Meisterleistung nicht im Geringsten anerkennen würde. Plötzlich schämte er sich dafür, einen mächtigen Feind aus dem Hinterhalt gemeuchelt zu haben. Bisher hatte er dies immer als eine List angesehen, doch jetzt erkannte er seine Feigheit. Und Frau Anke, das wusste er, würde das sicher genauso sehen. Sie saß nur da, tippelnd, abwesend, verbissen, und murmelte vor sich hin.

»Der Schnelle Aeroborac fliegt verheerende Angriffe auf die Schlachtreihen der Elben, die am Fluss aufmarschiert sind, um gegen die Orkarmee zu kämpfen. Viele Elben murkst er nach und nach ab. Dann tauchen auch noch etliche Trolle auf. Sieht nicht so gut aus für die Elben und ihre Verbündeten, also die Menschen, Feen, Faune und Harpyien und Zwerge und – ach komm, die Riesen sind auch dabei. Ach ja, und Zauberer natürlich. Eigentlich hätten die Guten die Schlacht gewonnen, doch leider droht der Schnelle Aeroborac ihnen einen Strich durch die Rechnung zu machen – bis Xihuziztus auftaucht, Sohn des Xihuzoztus. Er bläst sein Horn. Alle Orks kriegen Schiss und wollen stiften gehen. Der Schnelle Aeroborac ist der Einzige in den Reihen der Bösen, der noch kämpft. Er greift Xihuziztus an und beißt ihm fies ins Bein. Der aber nimmt seine magischen Äpfel aus der Tasche und ...«

»Verzeiht, Herrin.«

Xihuziztus' Stimme klang leise, fast flüsternd. Zu viel Blut hatte er verloren. Er spürte, wie seine Kräfte schwanden. Ein letztes Mal bäumte er sich auf, um seine Herrin vor einem großen Irrtum zu bewahren.

»Was willst du?«, maulte sie ihn an.

»Verzeiht, aber ich bin auf keinen einzigen Feind gestoßen. Und nicht der Schnelle Aeroborac hat mich am Bein verletzt. Auf meinem Rückweg war ich einen Moment nicht achtsam und trat in eine Bärenfalle. Erst nach einer Stunde konnte ich mich befreien und schleppte mich dann ...«

Weiter kam er nicht, denn Frau Anke schnippte mit den Fingern. Und als sie mit den Fingern schnippte, verschwand Xihuziztus mit einem leisen ›Puff‹. Wo er gerade noch gesessen hatte, saß jetzt niemand mehr. Er war aus der Welt. Nur sein Blut zeugte noch von seiner verpufften Existenz.

Anke Müller überflog die Zeilen, die sie geschrieben hatte, und war bis hierhin einigermaßen zufrieden. Vieles musste noch ausgearbeitet werden, aber dafür hatte sie später noch Zeit. Bis Seite sechshundertunddreißig war sie bereits gekommen. Die Tausend war ihr Ziel; darunter jedenfalls ging gar nichts.

»Der Held«, so tippte sie weiter, »bezwingt den Schnellen Aeroborac mit den magischen Äpfeln und schlägt ihn in die Flucht. Aber er kann ihn nicht töten, kommt stattdessen leider selbst ums Leben. Also brauche ich wohl für den Rest einen neuen Helden.«

Sie wechselte von Word zu Firefox und rief names-for-fantasy.com auf. Auf dem Bildschirm erschien der „Fantasy-Namens-Generator". Eine Weile klickte sie auf der Website herum, dann hatte sie gefunden, wonach sie suchte.

»Das ist ein guter Name für den Helden, der ganz Mittelendarsien endgültig retten wird«, murmelte sie und schnippte wieder mit den Fingern. Wieder machte es ›Puff‹, und ein anmutiger Krieger stand neben ihrem Schreibtisch. Er war muskulös und athletisch gebaut und trug langes, offenes Haar. Sein Gesicht zeigte scharfe Züge und ein markantes Kinn. Er war einige Jahre älter, als Xihuziztus es gewesen war, und er hatte nicht nur den Körper, sondern auch den Geist eines ganzen Mannes. Nur mit einem Lendenschurz bekleidet stand er da, stolz und aufrecht.

»Hallooo«, flötete Anke Müller, klappte ihren Laptop zu und stellte sich neben den braungebrannten Hünen. Sie betrachtete ihn von oben bis unten und schritt um ihn herum.

»Dein Name ist Gerortrurg«, informierte sie ihn, »Sohn des, ähm, Gerortrarg, und ich bin Frau Anke, deine Herrin. Und ich habe einen Auftrag für dich.«

Gerortrurg nickte und deutete eine Verbeugung an. Voller Tatendrang blickte er seiner Herrin in die Augen. Noch einmal schritt sie um ihn herum. Dabei fuhr sie mit zwei Fingern über seinen kräftigen Rücken.

»Aber das kann noch warten«, sagte sie und drückte seinen Bizeps. »Vorher hole ich uns beiden Hübschen erst mal einen Kaffee.«

Peter Coon hat eine Schwäche für Kurzgeschichten. Aber erst, seit er erwachsen ist. In seiner Jugend war er einfach nur schwach, wenn es um Kurzgeschichten ging, mehrfach brachen sie ihm fast das schulische Genick.

Inzwischen aber zählen Short Stories zu seinen Stärken, was nicht zuletzt durch drei Preise deutlich wird – erst kürzlich erhielt er den Literaturpreis der *Gruppe 48* für Prosa. Nach einigen Veröffentlichungen in Literaturzeitschriften und Anthologien erschienen 2015 und 2017 seine eigenen Erzählbände *Märzchen im November* und *Weltfrieden ist aus*. Mit dem vorliegenden Buch werden nun weitere Kurzgeschichten veröffentlicht, die nicht nur unterhalten wollen.

www.petercoon.de

Mama hält mich fest,
wenn ich lache

Peter Coon

Weltfrieden ist aus

Fünfzehn Kurzgeschichten und ein Nachwort über die Erfindung der weiß-blauen Friedenstaube

*»Über Kimme und Korn blickte ich ihm
jetzt in die Augen. Den Finger am Abzug
schaute ich tief in eine fremde Seele
und hörte, wie sie zu mir sprach.«*

Die Texte in diesem Buch können romantisch und poetisch sein, aber auch böse, bissig und verstörend. Lachen und Weinen liegen dicht beieinander in diesen Geschichten. Solche Gegensätze auszuhalten und mit Widersprüchen zu leben – für Peter Coon ist dies eine der großen Herausforderungen im Leben.

Mit einem Nachwort über die finnischen Schöpfer der weiß-blauen Friedenstaube.

Erhältlich als:
Hardcover   ISBN 978-3-7460-0902-5   16,00 €
Paperback   ISBN 978-3-7460-0903-2   8,00 €

Weitere Infos unter: www.petercoon.de

Peter Coon

Märzchen
im
November

Dreizehn nicht unerhebliche Erzählungen
und eine nur so zum Spaß

»Ein Ereignis hatte unser Leben durchkreuzt.
Es stand unserer gemeinsamen Bahn im Weg
wie ein Glasprisma einem weißen Lichtstrahl
im Physikunterricht.«

Dieses Buch handelt von Menschen in heiklen Situationen. Manche haben Glück, andere erleben persönliche Katastrophen, nichtsahnend oder sehenden Auges – in jedem Falle aber verstrickt im Netz besonderer Eigenheiten und Umstände.
Und hier und da, erstaunlich oft sogar, keimt ein wenig Hoffnung.

Zwei dieser vierzehn Erzählungen wurden bei Literaturwettbewerben mit Preisen ausgezeichnet.

Erhältlich als:

Hardcover	ISBN 978-3-7386-5498-1	16,00 €
Paperback	ISBN 978-3-7386-5499-8	8,00 €
eBook	ISBN 978-3-7386-5503-2	2,99 €

Weitere Infos unter: www.petercoon.de